라미정보 라미정보

천천히 흐르는 네팔의 시간

비스따리
비스따리

김지언
문영숙
박혜선
오미경
이금이
이묘신
이종선
정진아
한상순

〡〢〣책담

차례

치트레

Chitre

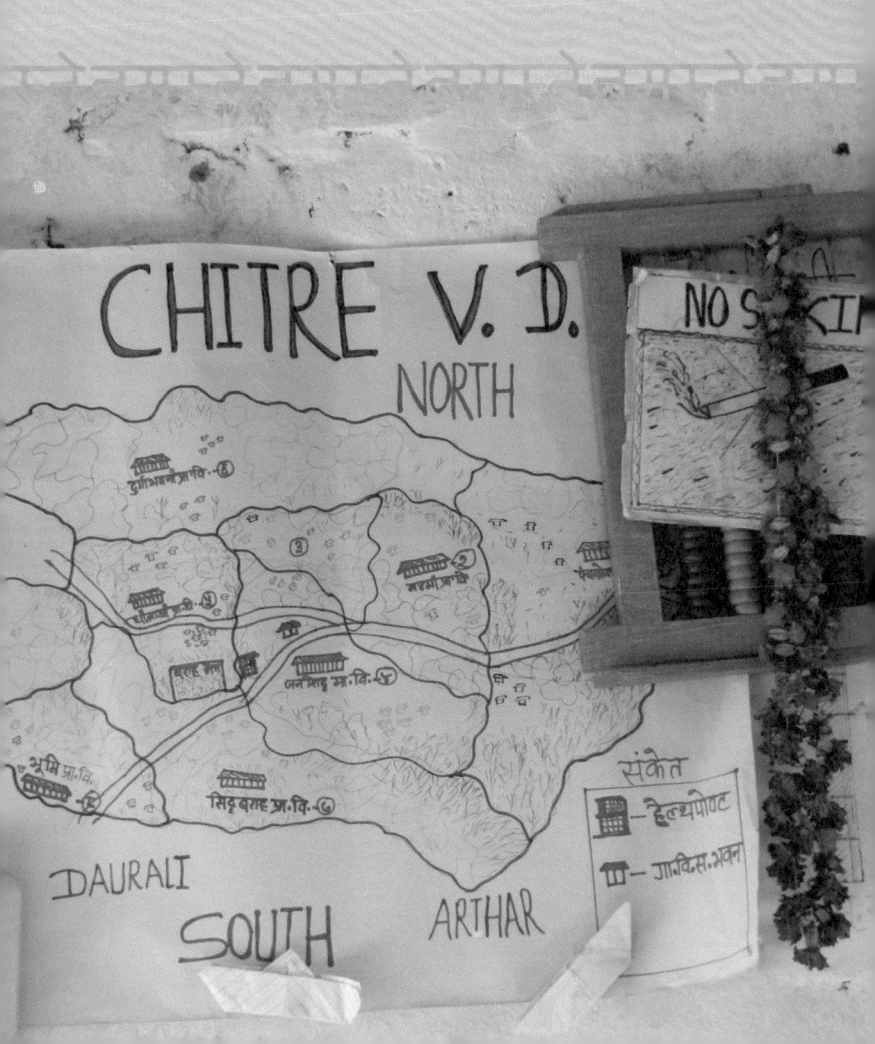

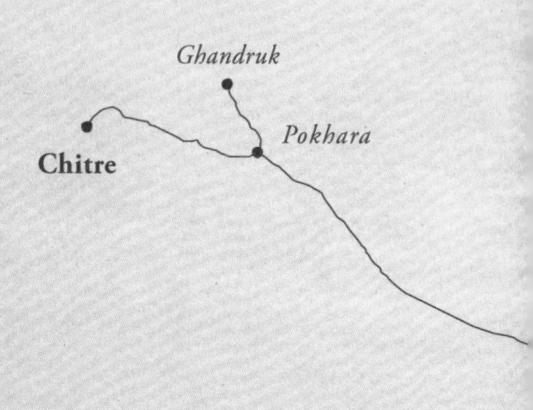

Ghandruk

Pokhara

Chitre

치트레에서 가장 밝은 별

이금이

2011년 2월

산골 마을 치트레는 람의 고향이다. 한국에서 10년 넘게 살아온 람은 네팔 여행의 안내와 통역을 맡았다. 대부분의 다른 일정이 네팔 아동문학회와 관련이 있었다면 치트레 방문은 순수한 휴식을 위해서였다.

포카라에서 치트레 마을까지는 꼬박 하루가 걸리는 험난한 여정이었다. 캄캄할 때 도착한 우리는 동네 주민들의 따뜻한 환대를 받았고 밤이 깊어서야 이 집 저 집 나누어 묵게 되었다. 다음 날 아침, 눈을 뜬 우리는 눈앞에 보이는 풍경을 믿을 수 없었다. 안나푸르나, 다울라기리, 마차푸차레가 마치 동네 앞산처럼 펼쳐져 있었던 것이다.

두르버를 처음 만난 것은 마을에 있는 락쉬미 초등학교에서였다. 네팔의 수많은 신 가운데 락쉬미는 풍요와 행운과 미의 신이다. 우리가 첫 방문한 학교는 그 이름이 무색할 정도로 허름하고 초라했다. 출생 신분에 따라 계급이 나뉘는 네팔 카스트 제도는 폐지된 지 40년이 지났지만 마을에는 아직도 그 잔재가 남아 있었다. 락쉬미 학교는 최하층 계급인 달리트 아이들이 다녔는데, 낡고 지저분한 교복을 입은 아이들 얼굴에서 궁기가 흘렀다.

교실 안은 책이 제대로 보일까 싶게 어두컴컴했다. 열한 살짜리 두르버는 한 반에 한 명은 꼭 있기 마련인 까불이였다. 쭈뼛거리며 수줍어하는 아이들 틈에서 재재바른 두르버는 단연 눈에 띄었다. 붙임성도 좋아 처음 만난 사람들을 스스럼없이 따랐다. 두르버는 금세 우리의 인기를 독차지했다.

락쉬미 학교 방문을 마치고 한 시간 거리에 있는 판차코시 학교로 가고 있는데 두르버가 따라왔다. 학교를 땡땡이 치고 쫓아온 것이다. 똘망똘망한 얼굴로 생글거리는 그 애를 보자 그래, 하루쯤 공부 안 하면 어떠랴 싶어 데리고 갔다.

남의 학교에 가서도 두르버는 기죽지 않았다. 판차코시 학교 아이가 연주하는 네팔 장구 마달을 빼앗아 두드렸고, 단체사진 찍을 때는 저보다 위 학년인 아이들을 정렬시켰다. 그뿐 아니라 교실에 들어가서는 마치 그 학교 학생인 양 아이들 틈에 천연덕

산골 마을 치트레 풍경

춤추는 락쉬미 학교 소녀   처음 만난 두르버

스레 앉아 있었다.

"진짜 대단하다. 어디에서든 살겠어."

"그래. 저런 애가 나중에 성공할 거야."

돌아오는 길, 우리가 두르버의 재치와 적응력을 칭찬하자 람이 고개를 저었다.

"공부를 안 하는데 제대로 되겠어요?"

"람도 이제 한국 사람 다 됐네."

누군가 람을 놀렸다.

우리는 두르버를 두리반이라고 불렀다. 놀랄 만한 친화력과 오지랖이, 여럿이 둘러앉아 밥 먹는 두리반의 이미지와 맞았다.

2014년 2월

두고 온 고향처럼 치트레를 그리워하던 우리는 3년 만에 그곳을 다시 찾았다. 이번 네팔 여행 목적지는 치트레였다. 첫 방문 때 아무 준비 없이 가서 대접만 받고 온 터라 이번에는 마을 사람들과 학생들을 위한 선물도 준비했다. 우리는 명절을 맞아 선물 보따리를 들고 고향으로 가는 사람들처럼 설레었다.

그사이 치트레에는 번듯한 마을회관이 생겼는데, 영국 봉사 단체에서 지어 주었다고 했다. 발전한 고향의 모습을 보는 듯 울컥했다. 몇 집에 나눠 잤던 전과 달리 마을회관에 짐을 풀었다. 마을 사람들이 준비한 저녁을 먹는 동안 마당에는 모닥불이 지펴졌다.

가만 보니 마을 소년 하나가 모닥불이 꺼질까 봐 살피면서 장작을 집어넣고 있었다. 타오르는 모닥불 빛은 우리의 모습을, 총총히 빛나는 별빛은 우리의 마음을 비추었다. 어떤 인연으로 네팔의 산골 마을에 다시 찾아와 이렇게 앉아 있는 걸까 생각하니 가슴이 뜨거워졌다.

분위기에 취하고 네팔 술 락시에 취한 우리는 마을 청년이 치는 기타 선율에 맞춰 네팔 노래 '레썸 삐리리'를 부르고 춤도 추었다. 한참 흥이 올랐을 때 불을 돌보던 소년이 슬며시 끼어들어 춤을 추기 시작했다. 어깨춤이 멋들어졌는데, 어두운 탓에 얼굴이 제대로 보이지 않았다.

"두리반이 컸으면 아마 쟤만 할 텐데."

누군가 무심코 한마디 던지자 이번 여행 안내자인 프렘이 대꾸했다, 두르버가 맞다고.

뭐? 두리반이라고? 정말? 어디? 어디? 두리반, 두리반! 모닥불을 피우고, 장작을 나르고, 불이 잘 타도록 돌보던 소년이 두르버라는 걸 몰라보다니! 우리는 너무 반가워서 아이를 얼싸안고 맴돌았다. 회관 안으로 데려가 환한 데서 보니 귀엽고 똘망똘망하던 두르버는 어느덧 의젓한 청소년으로 자라 있었다. 마을 사람들에게 주려고 가져온 옷 중에서 사이즈가 맞는 것을 골라 입혔다. 파란색 패딩 점퍼를 걸치자 인물이 한층 훤해 보였다.

나는 두르버에게 중학생이냐고 물었다. 네팔 초등학교는 5년제이니 열네 살인 두르버는 당연히 중학생이어야 했다. 간단한 영어인데도 두르버는 겨우 알아듣고 "노"라고 대답했다. 전에 왔을 때, 그 애의 가정환경에 대해서 들은 기억이 났다. 어려운 형편 때문에 진학을 못 했구나 생각하니 마음이 아팠다.

다음 날, 우리는 지난번에 왔을 때처럼 락쉬미 학교를 방문했다. 학교 마당에는 서른 명이 안 되는 전교생과 그보다 더 많은 부모와 가족들이 모여서 우리를 맞아 주었다. 패딩 점퍼를 입은 두르버도 보였다. 두르버는 장난치며 돌아다니는 저학년 아이들

락쉬미 학교 아이들과 동네 사람들(맨 위)
열네 살이 된 두르버(아래 오른쪽)

을 번쩍 들어 제자리에 앉히며 주의를 주었다. 학생들이 노래를 부르고 춤을 출 때는 곁에서 마달을 치기도 했다. 졸업한 학교에 와서 설치고 다니는 두르버를 보자 웃음이 나오면서도 안쓰러웠다.

"중학교도 못 가고 안됐다."

"그러게 말이야. 얼마나 학교에 다니고 싶으면 여기 와서 저러고 있겠어."

"아니에요. 두르버는 아직 락쉬미 학생이에요. 공부 안 해서 졸업을 못했어요."

치트레 이장님 아들이자 한국에서 오랫동안 일한 프렘이 말했다. 우리는 실소를 터뜨렸다.

두르버는 지난번처럼 우리를 졸졸 따라다녔다. 우리가 가는 곳이면 어디든지 나타나 길을 안내하고, 험한 길에선 손을 잡아 주고, 지나가는 물소로부터 우릴 지켜 주고, 심지어 주인에게 혼나가면서까지 남의 집 마당에 핀 꽃도 꺾어다 주었다. 우리는 남편한테서도 못 받은 호사를 누린다며 깔깔거렸다. 그러면 눈치 빠른 두르버는 다 알아들었다는 듯 우리보다 더 배꼽 빠지게 웃었다. 한번은 하는 짓이 하도 기특해 뺨을 쓰다듬어 주었더니 순간 두르버 눈에 눈물이 핑 돌았다.

두르버는 당연히 한국말을 못 했고 아는 영어도 오케이, 땡큐, 노프라블럼이 다였다. 그런데도 우리와 어울리는 데 전혀 문제가 없었다. 그 애는 사람 마음을 읽을 줄 알았고, 사랑을 줄 줄도 받을 줄도 알았다. 하지만 마을에서는 평판이 그리 좋지 않은 듯 싶었다. 사람들 눈에 두르버는 게으르고, 뺀질거리고, 노력하지 않는 달리트 아이였다.

두르버는 우리와 헤어지는 걸 우리보다 몇 배 더 슬퍼했다.

2017년 1월

치트레 방문 세 번째, 우리의 관심사는 '두르버가 중학교에 갔을까?'였다. 갔다, 못 갔다, 마을을 떠났을 수도 있다 등등 의견이 분분했다. 마을이 다가올수록 자식의 입시 발표라도 앞둔 것처럼 가슴이 두근거렸다.

도로 사정이 훨씬 좋아져 모처럼 해가 지기 전에 치트레에 도착했다. 2년 만에 보는 마을의 집, 길, 풍경, 우리를 맞이하는 어른들 모습은 그대로였다. 변한 건 자라는 아이들뿐이었다.

모여든 아이들 틈에서 두르버부터 찾았다. 열일곱 살이 된 두르버는 머리를 묶고 목에는 스카프를 둘러 한껏 멋을 부리고 나타났다. 훌쩍 큰 그 애 뺨에 구레나룻이 나 있었다. 나는 지난번처럼 중학생이냐고 물었다. 두르버는 지난번처럼 "노"라고 대답했다.

열일곱 살이 된 두르버와 마을 풍경

설산과 사람을 품은 일명 사랑이 호수

"가난해서 못 간 거 아니에요. 나라에서 공짜로 보내 주기 때문에 얼마든지 갈 수 있어요. 자기가 가기 싫어서 안 간 거예요."

남의 나라에 가서 고생하며 번 돈으로 집안을 일으키고 동생들 공부도 시킨 프렘은 두르버를 답답해했다. 우리는 두르버의 미래를 생각해 보았다.

네팔 청년들이 가장 선망하는 직업은 영국 용병이라고 한다. 위험한 만큼 보수가 높고, 보수가 높은 만큼 경쟁률도 높다. 영국 군인으로 가려면 대학도 나와야 하고, 영어도 잘해야 하고, 신체 조건도 좋아야 한다. 두르버로서는 꿈도 못 꿀 일이다. 그 다음은 한국에 노동자로 가는 길이다. 한국에 오기만 하면 우리가 한마음으로 돌봐줄 텐데. 외롭지 않도록 만나서 밥도 사 주고, 노는 날이면 여기저기 구경도 시켜 주고, 만일 어려운 일이 생기면 두 팔 걷어붙이고 도와줄 텐데…….

"한국 못 가요. 한국 가려면 고등학교 나와야 하고, 영어도 할 줄 알아야 하고, 한글 시험도 봐야 돼요."

프렘은 고개를 저었다. 두르버가 이대로 쓸모없는 사람이 되어 버릴까 봐 안타깝고 걱정스러워 우리는 그 애를 볼 때마다 훈계했다. 부지런히 영어 공부 하고 한글도 배워서 나중에 꼭 한국에 오라고. 영어로도 말하고 프렘을 시켜 이르기도 했다. 잠자코 듣고만 하던 두르버가 뭐라고 대답했다. 프렘이 통역해 주었다.

"싫대요. 공부하기 싫대요."

두르버의 표정은 열심히 공부하겠다고 하는 사람처럼 당당했다. 그런데 그 모습이 가슴을 후려쳤다. 두르버의 장점을 잊은 채어느덧 우리도 치트레 사람들의 시선으로 그를 보고 있었던 거다. 아니, 지극히 한국적인 관점이라고 하는 게 맞을 것이다.

공부하지 않는 아이는 미래가 없다고. 산골 마을 치트레를 떠나지 못하는 젊은이는 실패자라고. 가난하면 불행하다고. 어떻게살고 싶은지 두르버에게 물어보지도 않은 채 우리가 생각하는 길이 정답인 양, 그게 진정한 관심인 양 잔소리를 해댔던 것이다.

나는 두르버가 하루하루를 어떻게 보내는지, 무슨 생각을 하며 사는지 알지 못한다. 그 애가 마을 앞에 펼쳐진 설산을 얼마큼 좋아하는지, 늙은 부모를 얼마나 사랑하는지도 알지 못한다. 혹시 돈 벌러 가는 대신 그냥 치트레에 살고 싶은 건 아닐까. 늙은 부모 곁에 있는 걸 세상에서 가장 중요하고 행복한 일이라고생각하는 건 아닐까. 설산처럼 마을을 지키며 이곳을 떠난 사람들을 기다리는 건 아닐까. 그래서 우리에게 자꾸 언제 또 오느냐고 물었던 것인지 모르겠다.

그의 이름 두르버는 밤하늘에서 가장 밝은 별, 시리우스라는뜻이란다.

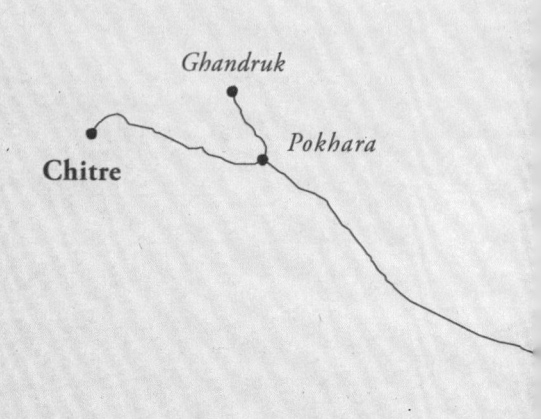

Chitre   *Ghandruk*   *Pokhara*

시간을 선물하는 방법

정진아

　사진을 찍는 것은 순간을 저금하는 일이다. 수많은 시간 중에 마음에 드는 한 조각을 '찰깍' 소리와 함께 카메라에 담는다. 차곡차곡 저금해 둔 시간을 꺼내 보는 날은 외롭거나 사는 일이 힘겹게 느껴질 때다. 어느 날 세상에게 졌다는 생각이 들 때, 재충전이 필요한 그 순간에 나는 사진 통장을 꺼내 놓고 지나간 시간들과 만난다.

　세 번, 네팔을 다녀왔다. 수많은 사진을 찍었다. 한 장 한 장 다 의미 있고 소중한 사진들이지만 락쉬미 학교에서의 일은 특별한 기억으로 마음에 담겨 있다.

　2017년 1월이었다. 길이 좋아져서 포카라에서 마을회관까지 바로 차가 들어간다는 말에 잔뜩 기대를 했다. 하지만 시내를 벗어나자 돌이 잔뜩 박힌 비포장도로가 나왔다. 차를 타고 달리는 내내 돌바닥에 엉덩이를 짓찧는 것 같아 차라리 내려서 걷고 싶은 심정이었다. 어찌 됐든 다행히 해가 지기 전에 치트레 마을에 도착할 수 있었다.

다음 날 아침, 자리에서 일어나려는데 머리가 무겁고 아팠다. 고산증인가? 뇌가 반란을 일으킨 것처럼 조여 왔다. 그대로 누워 있고 싶은 생각이 굴뚝 같았지만 약속된 일정이 있었다. 락쉬미 학교 전교생의 사진을 찍어 주는 것. 서울에서 여행을 준비하면서부터 계획한 일이었다. 출발 시간이 다 되도록 나는 침대에서 일어나지도 못하고 있었다.

"못 갈 것 같아. 촬영도 못 해. 머리가 너무 아파."

너무도 아쉬웠다. 치트레에서도 가장 가난한 지역에 락쉬미 학교가 있다. 아마도 그곳 아이들은 자신의 사진을 가져 본 적이 없었을 것이다. 촬영 포기는 아이들이 누릴 '첫 사진의 기쁨'을 빼앗는 것이라는 걸 알면서도, 두통이 심해 도저히 일어날 수가 없었다. 약속 시간이 다가오자, 동료들이 숙소를 떠났다. 깜빡 잠이 들었던 나는 번쩍 눈을 떴다.

'이건 아니야. 오늘 촬영을 안 하면 평생 후회할 거야. 당장 일어나.'

간드룩 가는 길에 우연히 만난 학생들과 선생님

머리가 깨질 듯이 아팠지만 나는 자리에서 벌떡 일어나 카메라를 챙겨 들고 락쉬미 학교를 향해 달렸다. 햇살이 눈으로 파고들었다. 모든 것이 눈이 부시게 선명했다. 멀리 우뚝 서 있는 설산도, 그리고 돌담과 돌계단도 모두 아름다웠다.

학교에 도착해 안도의 숨을 몰아쉬었다. 뜨거운 햇볕이 내리쬐는 가운데 아이들은 천막 하나 없이 얇은 돗자리 위에 촘촘히 앉아 있었다. 그 옆에는 주황색 나무의자와 책상이 쌓여 있었다. 푸르나 봉사단 후원금으로 재료를 구입해서 직접 만들고 페인트칠까지 한 책상과 의자였다. 그걸 우리에게 보여 주겠다고 죄다 꺼내 놓은 것이었다. 코끝이 찡했다.

락쉬미 학교의 진심 어린 축하 행사가 끝난 후, 아이들을 촬영하는 시간이 되었다. 선생님께 부탁해서 담장 아래에 한 명씩 아이들을 세웠다. 렌즈 속 아이는 잔뜩 얼어 있었다. 꾸중을 듣는 표정으로. 아이 얼굴에 미소를 담고 싶어서 나는 목소리를 높였다.

더 좋은 사진을 찍는 것, 나에게도 더 좋은 사진을 찍으려고 욕심내던 때가 있었다. 2011년 두 번째 네팔에 왔을 때만 해도 그랬다. 근사한 사진을 찍을 욕심에 셔터를 누르는데 한 아주머니가 눈에 들어왔다. 활짝 웃는 미소, 입안이 까맣다. 이가 하나도 없었던 거다. 전통의상을 입고 화려한 장신구로 멋을 낸 아주머니의 '새까만 미소'를 촬영하고 싶어, 사진을 찍어도 좋으냐고 물었다. 아주머니는 고개를 끄덕였다. 그러나 카메라를 들이대자, 입을 꼭 다물었다. 순간, '허락을 받지 말고 몰래 찍을걸' 하는 생각이 들었다. 찍고 싶은 사진이 아니었기 때문이었다. 즉석에서 인화한 사진을 주었다. 그러자 아주머니는 한 번 더 '새까만 미소'를 보여준 후 떠났다. 카메라에 담긴 사진을 들여다봤다. 그리고 아주머니에게 미소를 강요하지 않은 게 다행이라고 생각

전통 의상을 입은 아주머니

했다. 아쉬움은 남았지만 아주머니의 자존심을 지켜준 사진이고 내가 무례한 이방인이 되지 않도록 지켜준 사진이었다.

락쉬미 학교 아이들의 사진을 찍으면서도 그때 그 마음으로 사진을 찍겠다고 생각했다. 하지만 아이들의 표정이 너무도 굳어 있었다. 카메라에 겁을 먹은 듯 보였다. 내가 먼저 미소를 지어 보이며 말했다.

"스마일, 스마일."

하지만 아이들은 도무지 웃지 않았다. 곁에 서 있던 누군가가 말했다.

"아사! 아사!"

아이들이 희미한 미소를 지어 보였다. "아사"가 "웃어"라는 말이라는 걸 안 나는 촬영 내내 '아사'를 외쳤다. 내 말투가 어색해서였을까? 아이들이 웃음을 보여 줬다. 신이 난 나는 아이들 키에 맞게 몸을 낮추고 촬영을 이어갔다. 허리는 아팠지만 즐거웠다.

갑자기 어른의 손 하나가 아이를 카메라 앞으로 밀어 넣었다. 세상 부모에겐 모두 제 자식이 먼저다. 아이는 몸을 비틀며 울음을 터트렸다. 선생님들이 달랬지만 촬영을 완강히 거부했다. 카메라를 피해 달아난 아이는 부모의 안타까움과 달리 안도하는 듯했다.

찍고 싶은 아이는 사진을 찍고, 찍기 싫은 아이는 찍지 않고,

웃고 싶은 아이는 웃고, 찡그리고 싶은 아이는 찡그리고, 주머니에 손을 넣기도 하고, 두 손을 허리춤에 척 올리며 폼을 잡는 아이도 있다. 이렇게 촬영이 끝났다.

촬영을 마치고 학교를 떠나는데, 한 젊은 엄마가 아기를 안고 내 앞에 서서 눈짓을 보냈다. '나와 내 아기를 찍어 주세요' 하고 말하는 것 같았다. 나는 카메라를 들고 그녀를 찍었다. 그러자 그녀는 다시 아기를 고쳐 안았다. 아기가 더 잘 나오게 하고 싶은 눈치였다. 다시 사진을 찍었다. 서로 말 한마디 하지 않았지만, 우리는 사진이라는 매개를 통해 소통하고 있었다. 나는 그녀에게 손가락으로 오케이 사인을 보냈다. 그녀는 빙그레 웃었고 나도 미소를 지어 보였다.

치트레 마을을 떠나기 전에 사진을 인화하려고 숙소로 돌아왔다. 미리 챙겨 온 즉석인화기와 필름을 꺼냈다. 그런데 뭔가 이상하다. 인화기에 필름이 들어가지 않았다. 자세히 보니 인화기에 맞지 않은 필름을 구입한 것이다. 순간 머릿속이 하얘졌다. 어떻게 해야 좋을지 몰라 나는 동료들과 해결책을 상의했다.

프렘이 말했다.

"누나, 사진 파일을 나한테 보내면 내가 뽑아서 락쉬미 학교에 갖다줄게요."

그제야 마음이 놓였다.

바닥에 닿아야 튀어 오르는 공처럼 끝인 것 같은 순간, 시작을 맞이한다. 우리는 더 좋은 방법을 찾아냈다.

'서울에서 더 크게 인화를 해서 소포로 보내기.'

락쉬미 학교 선생님이 손수 써 준 주소를 받아왔기에 마음이 한결 가벼웠다.

마음은 당장 사진을 인화해서 보내 주고 싶었다. 하지만 열흘 가까이 자리를 비운 터라 눈코뜰새 없이 바쁜 일상이 이어졌다. 주말을 이용해 한 장 한 장 사진을 보정한 후 인화했다. 인화한 사진을 들고 우체국으로 가는 동안 나는 소풍가는 아이처럼 신이 나 있었다. 주소를 내미니 한참 컴퓨터 화면을 들여다보던 우체국 직원이 난감한 얼굴을 한다. 네팔은 등기우편으로 소포를 보낼 수 없고, 인화지나 사진은 금지 품목이라는 것. 보내더라도 받는 사람들이 벌금을 물 수도 있고, 분실 위험이 있다는 말을 덧붙였다. 함께 네팔에 갔던 작가들과 상의했지만 해결책을 찾지 못했다. 3년 후 다음 여행 때까지 기다려야 하나? 마음이 무거웠다. 며칠 후, 반가운 소식을 전들었다.

"프렘 친구 로한이 내일 네팔로 돌아간대. 사진을 전해 줄 수 있대."

한국에서 일하다 5년 만에 고향 포카라로 돌아가는 로한에게 사진을 부탁했다. 그리고 그다음 날 사진은 포카라에 있던 프렘 손으로 전해졌다. 그리고 바로 그다음 날 포카라에서 치트레 마을까지 한달음에 달려간 프렘 덕분에 락쉬미 학교에 사진이 전달됐다. 학교에는 한바탕 소동이 벌어졌다는 뒷이야기를 전해 들었다. 사진을 받아든 아이들이 어떤 표정을 지었을지, 그리고 어떤 소동을 벌였을지 눈에 선하다.

"하하, 내가 이렇게 생겼다고?"

"너 진짜 웃기게 생겼다."

"그 아줌마 정말 사진 못 찍네."

이러면서 투덜댔을지 모를 일이다. 하지만 학교 운동장엔 웃음이 굴러다녔겠지. 서로의 사진을 바꿔 보느라 소동을 벌였을 아이들을 상상해 본다. 눈빛만으로 모든 걸 말하던 젊은 엄마도, 학교 행사에 참여했던 마을 사람들도 자신의 사진을 보며 즐거워했다는 말을 전해 들었다. 행복했던 순간을 담은 사진으로 지나간 시간을 선물 받은 사람들의 웃음을 떠올리며, 나는 지금 이곳에서 행복하다.

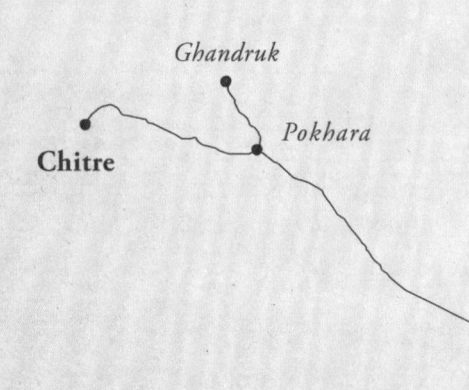

Chitre

Ghandruk

Pokhara

박혜선

페이스메이커

　차창 밖에 서 있는 저 아이, 한껏 차려입고 나왔지만 어딘지 모르게 어설픈 모습, 풀 비린내처럼 풋풋한 중학생 써빈이다. 써빈의 손에는 빨간 장미 한 송이가 있다.

　이미 마을 사람들과 금잔화 꽃을 주고받으며 이별식을 하고 버스에 오른 터다. 이제 버스가 떠나기만 하면 된다. 그런데 장미꽃을 든 써빈이 자기보다 키 작은 아이를 앞세우고 등장한 것이다. 네팔의 학교는 지역마다 등교시간이 다르다. 히말라야 산골 마을은 통학거리가 멀기 때문에 10시에 수업을 시작한다고 했다. 지금 시간은 9시 40분. 무스 바른 머리에 파란 교복 깃을 세운 채, 낡긴 했어도 윤이 나게 닦은 까만 구두를 신고 학교에 가야 할 써빈이 우리 앞에 서 있다.

써빈은 버스 맨 앞자리부터 한 명 한 명 눈을 맞추며 손을 흔들었다. 버스 안과 밖이라는 경계가 이 순간을 더 절절하게 만들었다. 우리 모두는 써빈이 장미꽃을 누구에게 줄 것인지 이미 알고 있었다. 큰 키에 긴 머리를 찰랑거리는, 써빈보다 한 살 많은 올해 3월 고등학생이 되는 지민이다.

"오! 홍지민~."

아이들은 지민이를 창 쪽으로 앉히고 문을 활짝 열어 주었다. 그리고 써빈이 장미꽃을 내미는 순간 박수를 보낼 준비 자세까지 취했다. 그런데, 그런데 써빈이 끝에 앉은 지민 자리를 지나 다시 앞쪽으로 방향을 틀었다.

"뭐지?"

앞자리에는 어른들이 앉아 있고 뒷자리는 아이들이 차지하고 있었다. 나는 괜히 가슴이 벌렁거렸다. 써빈은 나와 이금이 선생님이 앉아 있는 자리, 그 가운데 딱 멈춰 섰다. 그러고는 씩 웃으며 장미꽃을 내밀었다.

장미꽃은 이금이 선생님에게 돌아갔다. 3년 만에 만난 써빈을 먼저 알아본 건 나였다. 써빈이 다니는 자나쉬타 학교는 1학년부터 11학년까지 학생 수가 150명이 넘는다. 비슷비슷하게 생긴 학생들 틈에서 "써빈!" 그 이름을 불러 준 것도 나다. 게다가 몰래 불러 학용품도 주지 않았던가. 장미꽃의 주인이 지민이가

산, 구름, 그리고 사람들을 비추는 이름 모를 호수(일명 사랑이 호수)(맨 위)

저요, 저요. 손으로 나누는 인사(아래 왼쪽)

버스에 짐은 실었지만 마음은 아직 오르지 못하고 방황 중(아래 오른쪽)

아니라면 그다음은 뭘로 보나 나였어야 했다. 이금이 선생님은 그 아이 이름이 써빈이라는 것도 모르는데, 왜 선생님에게 장미꽃을 줬을까? 이건 배달 사고다. 선생님은 "어쩐지, 오늘 아침 사진을 찍자고 하더니⋯⋯." 하면서 좋아했다. 사진 찍은 이유로 학교 갈 시간에 여기 와서 장미꽃을 전해 주는 거라면 사진 찍기가 취미인 다른 동료들은 벌써 장미꽃에 파묻혀야 했다. 얼마나 많은 네팔 아이들과 사진을 찍었는데.

여기서 잠깐, 지민이와 써빈의 이야기로 돌아가 보자.

2011년 2월, 네팔에 처음 발을 디뎠다. 네팔 작가들이 한국 작가들을 초대했고 우리 일행도 거기에 끼어 있었다. 여러 행사 중에 히말라야 산간 학교 아이들과의 만남도 있었는데, 네팔 어로 번역한 우리 동화책을 전해 주는 자리였다. 번역 작업을 한 모헌이 한국 학생들도 오느냐고 물었다. 그래서 4학년 올라가는 딸아이와 친구 몇이 간다고 했다.

"선생님, 그 아이들 일기나 글 써 놓은 거 있어요? 네팔 아이들이 참 좋아할 텐데."

모헌 말대로 네팔 아이들은 우리 작가들의 글보다 아이들이 쓴 일기에 더 열광했다. 낯선 나라의 아이들이 어설픈 네팔어로 떠듬떠듬 일기를 읽는 모습은 네팔 아이들의 눈과 귀를 즐겁게 했을 뿐 아니라 끈끈한 우정을 맺기에 충분했다.

"아, 히말라야로 다시 가고 싶다."

인천 공항에 내리며 딸아이가 한 첫마디였다. 자기를 기다리는 건 빽빽한 학원 스케줄이라며 말이다.

"엄마, 나랑 연진이, 강이가 네팔 봉사단을 만들기로 했어."

어느 날 학원에서 돌아온 딸아이가 말했다.

"벌써 멤버도 다 짰어. 양동우, 이정훈, 양현서, 오민아, 홍지민⋯. 우리가 갔던 히말라야 산골 학교 있지? 그곳에 우리들이 글을 써서 책을 기부할 거야. 도서관도 없고 읽을 책도 없다고 했잖아. 그러니까 우리가 직접 글을 쓰고 책을 만들어 보내는 거지. 모헌 아저씨가 도와줄 거야."

마지막으로 이렇게 덧붙였다.

"일 년에 한 번씩 가서 네팔 친구들을 꼭 만날 거야. 엄마도 봤지? 네팔 아이들이 우릴 얼마나 좋아하는지."

봉사단 같은 소리 하고 있네, 학원 가기 싫어 별 머리를 다 쓴다 싶었다. 그러다 나도 머리를 굴렸다. 그래, 봉사단을 만들면 봉사도 가고 그 덕에 히말라야 치트레 마을도 다시 가 보고. 거기다 네팔 아이들을 위해 책을 보내야 한다면 명색이 작가인 우리가 가만히 있으면 안 되지, 그렇게 아이들이 만든 봉사단에 어른들도 숟가락을 슬쩍 올렸다.

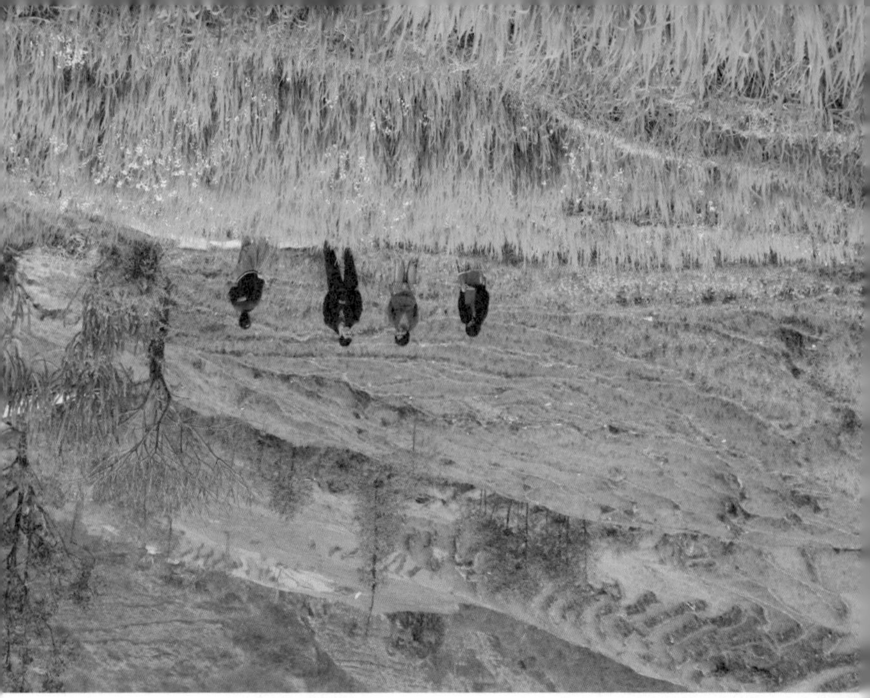
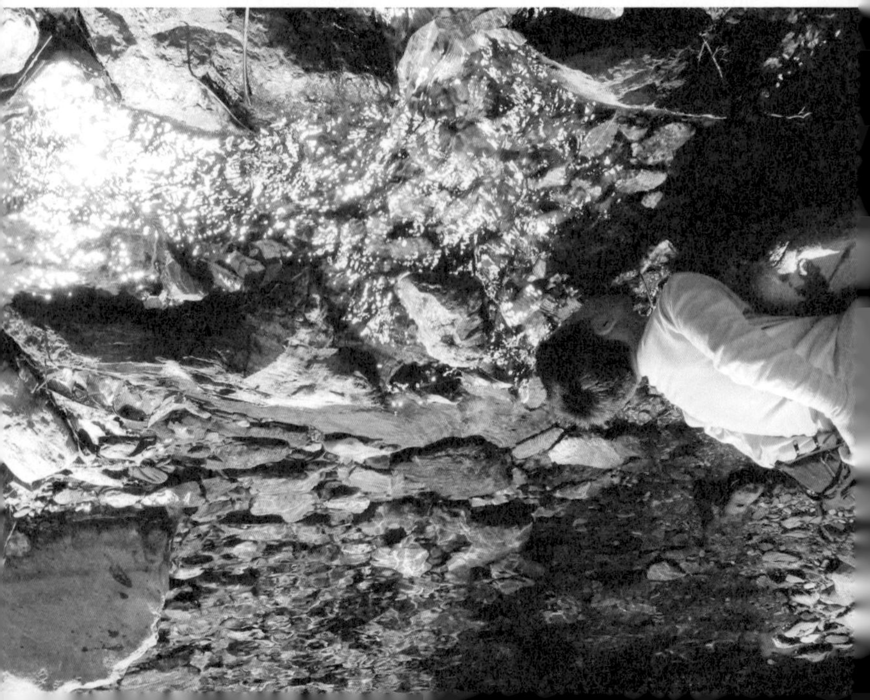

히말라야 치트레 마을 사람들에게 인사치레로 나중에 다시 오겠다고 했는데, 봉사단이 만들어지면서 우린 그 약속을 지켰고 책도 냈다. 두 번째 헤어질 때 2년 뒤에 다시 오기로 했다. 약속대로 우린 왔고 지금 이렇게 다시 이별을 하고 있는 것이다. 다음엔 우리가 짓는 게스트하우스에서 보자는 인사를 주고받으며 말이다.

써빈과 지민이는 두 번째 네팔 방문 때 만났다. 둘은 그때 중학교 입학을 앞두고 있었다. 모닥불 피워 놓고 밤늦도록 네팔 게임, 한국 게임을 서로 배우고 알려 주며 친하게 지냈다. 지민이는 써빈과 함께 지낸 치트레의 추억을 글로 썼고 직접 써빈의 모습을 그리기까지 했다.

그 책을 어제 운동장에서 써빈에게 전해 준 것이다. 책 속의 주인공과 작가의 운명적 만남, 그런데도 지민이가 아닌 애먼 사람에게 장미꽃을 줬으니 버스 안은 술렁일 수밖에 없었다.

그때, 창밖의 남자 써빈이 지민이 쪽으로 다시 걸음을 옮기고 있었다. 써빈 옆을 지키던 아이도 같이 움직였다. 버스 안 사람들의 시선도 따라 움직였다. 써빈이 지민이를 보고 씩 웃었다. 써빈 녀석, 얼굴이 귀염상이다.

"지금까지 본 네팔 아이들 중에 최고로 잘생겼어."

지난번 이곳에 왔을 때 생일 파티를 끝내고 돌아와 숙소에서 여자 아이들이 이렇게 말했었다. 지금 보니 그 말이 맞는 것 같다. 까맣게 그을린 네팔 아이들과는 달리 말갛고 깔끔한 얼굴이었다.

우린 무슨 일이 벌어질까 숨죽이고 지켜보았다. 써빈이 키 작은 아이의 어깨를 툭 쳤다. 그러자 그 아이가 품속에서 무언가를 꺼내더니 써빈에게 건넸다. 장미꽃이었다. 이금이 선생님에게 준 장미보다 훨씬 크고, 더 붉고, 싱싱한 장미. 써빈은 그 꽃을 지민이에게 내밀었다. 환성이 터졌다. 대반전이었다.

"써빈이 우릴 미끼로 사용했네."

그랬다. 써빈의 사랑에 우리 어른들은 이용당한 것이다. 그날 아침 일찍, 아버지의 핸드폰을 빌려온 써빈이 사진을 찍자고 했다. 이별이 얼마나 아쉬웠으면. 우리는 돌아가며 히말라야를 배경으로 포즈를 취했다. 써빈이 오래오래 우리를 기억해 주길, 그리고 우리 또한 써빈을 잊지 않겠다는 애틋한 마음을 함께 얹어 찍었다. 마지막 컷은 지민이와 단둘이 찍었다. 그때까지도 몰랐었다. 지민이랑 단둘이 찍고 싶은 마음을 들킬까 봐 마을회관을 어슬렁거리며 아무나 붙들고 사진을 찍었다는 걸.

"와, 써빈, 이런 건 어디서 배웠대?"

정말 어디서 배웠을까? 인터넷도 텔레비전도 없는 이곳에서 드라마나 영화를 본 것도 아닐 텐데. 공부는 학습이지만 사람의

글 속 주인공과 작가의
운명적 만남(위)
부끄러운 듯,
풋풋한 표정(아래)

마음은 특히 아슴아슴 사춘기 그 설렘은 몸이 알아서 독학을 하는 모양이다. 그렇지 않고서야 로맨틱 드라마에서나 볼 수 있는 이런 장면을 어떻게 연출할 수 있을까.

써빈은 버스가 산모퉁이를 돌아설 때까지 손을 흔들고 있었다. 그 옆에 도우미로 따라온 녀석은 팔짝팔짝 뛰며 호들갑을 떠는데 써빈은 그냥 바람에 흔들리는 나뭇가지처럼 묵묵히 서 있었다.

써빈 녀석, 두고두고 생각해도 멋지다. 어떻게 페이스메이커 쓸 생각을 했을까? 마라톤에서 내가 아닌 다른 누군가의 승리를 위해 슬쩍 길을 터 주는 이가 있다. 페이스메이커다. 그래, 어른이란 게 뭐겠어, 아이들 앞길 터 주며 잘 가도록 길 열어 주는 게 우리 어른들 몫이지. 오늘 이별식의 페이스메이커 이금이 선생님이 지나치듯 한 말이다.

아슴아슴 사춘기, 그 마음을 전한다는데 어른이 좀 망가지고 이용당하면 어떠랴. 눈부시고 풋풋하고 싱그러운 그들의 모습을 보는 것만으로도 우리에겐 큰 선물이었다.

포카라

Pokhara

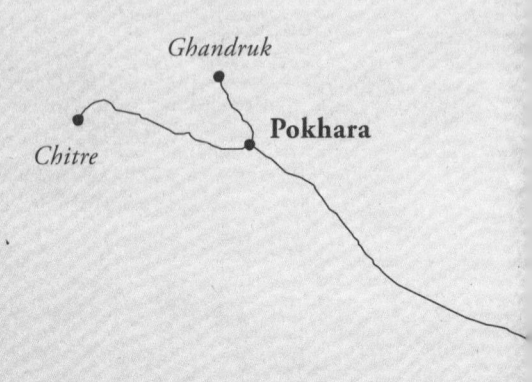

Ghandruk

Chitre

Pokhara

전설을 만드는 도시

포카라

이금이

바람이 분다. 심장이 터질 것 같다. 나는 생애 첫 도전을 앞두고 있다. 나는 곧 하늘을 날 것이다. 사랑코트에서의 패러글라이딩이다. 해발 1,600미터에 위치한 사랑코트는 포카라에서 히말라야를 가장 잘 조망할 수 있는 장소다. 또한 터키 페티예, 스위스 인터라켄과 함께 세계 3대 패러글라이딩 명소다. 놀이동산 관람차도 못 타는 내가 패러글라이딩에 도전할 수 있었던 건 쉰 살이 되면서 한 결심 덕분이다.

새해, 새 학년, 새달 등은 인생의 변곡점으로 삼기에 적당하다. 새로운 시작에 기대 지금까지와는 다른 삶, 또는 좀 더 나은 삶을 꿈꿀 수 있다. 내게는 쉰 살이 그랬다. 백세 시대라지만 쉰 살이면 상식적으로 산 날보다 살날이 짧다고 생각하게 마련이다.

몇 해 전 내 나이 쉰을 맞으며 나는 새로운 경험을 할 기회가 오면 그게 무엇이든 마다하지 말자고 결심했다. 하고 싶어도 하지 못할 일이 점점 많아질 테니까. 포카라에서의 패러글라이딩도 그중 한 가지였다.

카트만두에서 서쪽으로 200킬로미터 떨어진 곳에 있는 포카라는 네팔 제2의 도시다. 히말라야 등반과 트레킹을 하려면 반드시 거쳐야 하는 최고의 휴양도시이기도 하다. 다울라기리, 안나푸르나, 마나슬루 등 8,000미터가 넘는 산봉우리들이 30킬로미터 이내에 있기 때문이다.

포카라는 호수, 연못 등을 뜻하는 '포카리'에서 온 말이라고 한다. 포카라에는 이름처럼 히말라야 설산에서 녹아내린 물로 만들어진 페와 호수가 있다. 이제 설산과 호수를 배경으로 하늘을 날 것이다. 장비를 갖춘 나는 심호흡을 했다.

눈앞에 패러글라이더들이 날고 있었다. 그것들은 풍선처럼 바람에 정처 없이 떠돌다가 사라지거나, 약한 충격에도 터져 산산조각 나거나, 줄이 끊어져 추락해 버릴 것만 같았다. 내가 무슨 짓을 하려는 건지 제대로 실감나기 시작했다. 바람이 애써 잠재우고 있던 불안과 공포를 부추겼다. 차마 포기하겠다는 말은 못하고 나는 뒤에 앉은 조종사에게 떠밀려 앞으로 나아갔다. 발이 땅에서 떨어지고 몸이 공중에 두둥실 뜨는 순간 숨이 멎는

네팔 제2의 도시, 포카라

것 같아 눈을 감았다.

　얼마 뒤 살짝 눈을 떠 보던 나는 나도 모르게 눈이 휘둥그레졌다. 세상에! 히말라야와 호수는 물론 포카라 전경을 담은 장관이 펼쳐져 있었다. 그리고 마차푸차레! 물고기 꼬리라는 이름처럼 삼각형으로 삐죽 솟은 마차푸차레는 네팔 사람들이 가장 신성하게 여기는 산이며 네팔 히말라야의 유일한 미답 봉우리다. 내 도전에 상이라도 주듯 구름이 걷히며 우뚝 솟은 마차푸차레가 장엄한 모습을 드러냈다. 나는 느꺼운 마음으로 나와 함께 두둥실 날고 있는 다른 글라이더들을 보았다. 갖가지 색의 패러글라이더들이 각기 다른 하나의 우주 같았다. 나 또한 '이금이'라는 하나의 우주가 되어 하늘을 날고 있었다.

　네팔에서 두 번째로 크다는 페와 호수가 한눈에 들어왔다. 호수 한가운데 어제 갔던 힌두교 사원이 보였다. 어떤 신심이 호수 한가운데 사원을 세우게 했을까. 전설에 따르면 먼 옛날, 거지로 변장한 시바 신이 한 마을을 찾아 구걸을 했다고 한다. 마을 사람들은 거지를 냉대했지만 가난한 노부부만은 그를 정성스레 대접했다. 식사를 마친 시바 신은 노부부에게 당장 마을을 떠나 높은 곳으로 가라고 일러 주었다. 그 말을 듣고 집을 떠난 노부부가 산등성이에서 돌아다보니 마을이 있던 자리는 호수로 변해 있었다. 목숨을 구한 노부부는 그제야 그 거지가 시바 신이었다는 걸 알고 호수 안에 사원을 세웠다.

배를 타야 갈 수 있는 작은 사원엔 뜻밖에도 공물을 바치는 사람들로 북적거렸다. 그곳은 혼인의 사원으로 공양을 한 다음 사원을 한 바퀴 돌면 사랑이 이루어진다는 말이 있다. 사원에 모신 시바 신의 부인 사티가 결혼 생활의 행복과 지속을 관장하는 신이라고 하니 그럴 법하다.

난 아무 소원도 빌지 않았다. 신실한 신도들 소원 들어주기도 바쁠 텐데 뜨내기 관광객까지 거들 필요 있을까, 하는 생각 때문이었다. 하지만 높은 곳에서 내려다보니 삼라만상엔 내 편 네 편, 내 것 네 것이 없었다. 되레 인간이 이를 구분하고 나누는 것이다. 바라히 사원의 신도 사원을 찾아와 소원을 비는 사람들을 구분하지 않을 것이다. 거지로 변장한 시바 신을 냉대했던 마을 사람들처럼 그곳을 찾는 인간의 마음이 경계를 짓는 것이다. 사원의 전설은 오래된 이야기가 아니라 지금 우리의 이야기였다. 나는 뒤늦게 힌두교 여신에게 우리의 안전한 여행을 빌었다.

패러글라이딩을 마친 뒤 페와 호수에서 남쪽으로 2킬로미터쯤 떨어진 데비 폭포Devi's Falls를 보러 갔다. 페와 호수에서 발원한 물은 파르디 콜라 계곡으로 이어진다. 데비 폭포는 계곡의 물줄기가 지하 동굴로 사라지는 특이한 형태를 보인다. 파탈레 창고patale chhango라는 네팔 이름이 있지만 뜬금없어 보이는 서양 이

름이 더 유명해진 데는 그럴만한 사연이 있다.

　60여 년 전 한 외국인 부부가 포카라로 여행을 온다. 폭포 근처에서 캠핑을 하던 중 아내 데비는 범람한 물에 휩쓸려 동굴 아래로 떨어져 목숨을 잃고 만다. 아이러니하게도 사랑을 이루어 준다는 바라히 사원이 있는 페와 호수 물에 사랑하는 사람을 잃은 것이다. 남편은 폭포에 아내 이름을 붙여 그녀의 넋을 달랬고,

그 후 파탈레 창고는 '데비 폭포'라는 별칭으로 불리기 시작한다. 데비 부부가 이곳에 오지 않았으면 생기지 않았을 스토리이고, 만들어지지 않았을 이름이다. 문득 데비 부부의 일처럼 이곳에서 내가 겪는 일들 또한 추억이 되고 역사가 되고 전설로 남는 것이란 생각이 들었다.

우리는 데비 폭포의 진짜 모습을 보기 위해 근처에 있는 굽테스워르 마하데브 동굴Gupteshwor Mahadev Cave로 갔다. '굽테스워르'는 동굴 속 사원이란 뜻으로 이 동굴은 불과 10여 년 전만 해도 근처 주민들이 낚시를 하던 곳이었다. 그런데 한 수행자가 동굴에 시바 신상神像이 있는 꿈을 꾼 뒤 동굴 안을 살피다 꿈에서 본 것과 똑같은 신상을 발견하였다. 그 후 동굴 안에 그 신상을 모시는 사원을 지었다고 한다.

오래된 전설 같지만 실은 얼마 안됐음을 말해 주듯 동굴 입구로 내려가는 힌두교 양식의 나선형 계단은 아직 건축 중이었다. 동굴 입구에서 사원을 지나 100미터쯤 들어가면 바위 틈 사이로 힘차게 쏟아지는 물줄기를 볼 수 있다. 데비 폭포의 마지막 모습이고 진짜 모습이다. 컴컴한 동굴 속으로 비쳐드는 한줄기 햇살에 드러난 폭포의 모습은 더욱 신비로웠다. 어둠 속에서 그 광경을 보고 있노라니 페와 호수에서 이어진 전설이 데비 폭포를 타고 동굴로 이어진 듯했다. 그리고 그들의 시간이 얽히고설

데비 폭포(위)
굽테스워르 마하데브 동굴로 가는 계단(아래)

켜 그 순간에도 새로운 이야기를 만들어 내는 것 같았다.

동굴 밖으로 나오니 석양이 계단 기둥에 조각해 놓은 힌두교 신들을 비추고 있었다. 우리는 소와 개들이 어슬렁거리는 먼지 이는 길을 달려 포카라 시내에 있는 호텔로 돌아왔다. 저녁을 먹고 상점들이 하나 둘 불을 밝히기 시작한 거리로 산책을 나갔다. 불빛을 보니 세 번의 여행이 만들어 낸 추억들이 되살아났다.

처음 와서 묵었던 숙소는 명색이 호텔인데도 걸핏하면 전기가 나갔고 뜨거운 물도 제대로 나오지 않았다. 그래도 거리를 쏘다니며 행복했고, 앙고라 스웨터와 화려한 문양의 스카프를 사며 즐거웠다. 카페에서는 주문하려는 순간 전기가 나갔는데, 주인은 촛불을 여러 개 테이블 위에 놓아 주었다. 그게 오히려 지금도 잊지 못할 추억이 됐다.

두 번째 왔을 때는 노을에 잠긴 페와 호수에서 배를 타고, 프렘의 처남이 기타를 치는 선술집에서 낭만적인 시간을 보냈다. 새벽에 일어나 호텔 옥상에 올라가 일출을 본 건 언제였지? 주택가 골목골목을 거닐며 우리와 다른 듯 같은 이곳 사람들의 일상을 훔쳐본 건 또 언제였지? 오늘 새벽, 아니 어제였던가? 어쩌면 지난번 일일 수도 있고 다음에 와서 하게 될 일일 수도 있다. 포카라의 시간에는 과거와 현재와 미래가 공존했다.

포카라 시내가 불빛 아래 새롭게 깨어날 때 설산과 호수는 어둠에 잠겨 들고 있었다. 마치 하루 종일 인간들에게 품을 내주었던 아버지 설산과 어머니 호수가 휴식을 취하려는 것 같았다. 포카라에 전설이 살아 숨 쉬는 건 설산과 호수 덕분인지 모른다. 그렇더라도 전설을 만드는 건 인간들이다.

그동안 나는 새로운 것을 경험해 볼 많은 기회들을 이런저런 이유로 피하거나 해볼 엄두도 내지 않고 살아왔다. 젊을 때는 그런 게 특별히 아쉽지 않았고, 기회가 얼마든지 또 있을 거라고 믿었다. 하지만 삶은 우리에게 무한대의 시간과 기회를 주지 않는다. 이제야 그 사실을 깨달았고, 내게 온 기회 중 한 가지를 해냈다. 바로 1,600미터 상공에서의 패러글라이딩이다. 그 도전은 내 인생의 한 페이지를 새롭게 장식한 역사이며 나의 전설로 남을 것이다.

포카라의 밤이 깊어 간다. 달빛에 물든 우리의 순간은 영원이 되고, 우리의 이야기는 전설이 돼 오래도록 포카라를 맴돌 것이다.

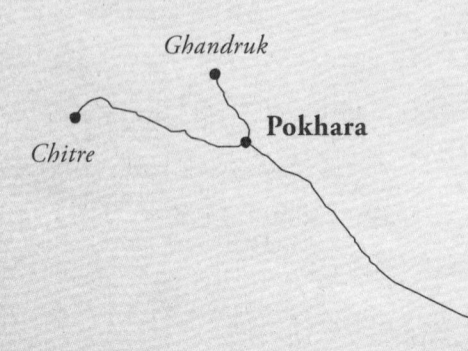

'세계적인 패러글라이딩 명소인 네팔 포카라 사랑코트에서 한국인 관광객 박 모 씨가 비행 도중 심장마비로 숨졌다. 박 씨는 동료들과 함께 하늘을 날던 중 몇 번의 발작을 일으켰고 급히 하강해 응급처치를 받았지만 깨어나지 못했다. 평소 박 씨를 잘 아는 동료들은 박 씨가 죽기 전에 이곳 사랑코트에서 하늘을 날아 보는 게 소원이었다는 말을 자주 했다며 눈시울을 적셨다.'

그 순간 도망치지 않았다면 다음 날 분명 조간신문 귀퉁이에 이런 기사가 났을 것이다. 내가 아니라 나와 함께 패러글라이딩을 하러 온 동료들을 위해서도 잘한 일이다. 내 죽음과 함께 여기저기 불려 다녔을 것이 뻔하다. 얼마나 성가신 일이었을까?

영국인 조종사는 조종사 생활 7년 동안 이곳까지 올라왔다 그냥 내려간 사람은 한 사람도 없었다며 나를 설득했다. 아무 문제없어요. 그냥 걷는 것처럼 뛰어요. 정말 문제없을 거예요……. 메아리처럼 No Problem, No Problem만 귓가에 남았다. 산 아래에서부터 내가 탈 패러글라이더를 짊어지고 온 열다섯 남짓한 까만 얼굴의 버리아(패러글라이더를 나르는 어린 짐꾼을 네팔 말로 이렇게 부른다)는 그사이 초록색 글라이더를 폈다. 하늘을 날기 좋은 장소였다. 같이 온 동료들은 하나둘씩 절벽을 향해 달렸다. 그리고 두둥실 하늘로 떠올랐다.

이제 내 주변엔 아무도 없다. 한국말이 통하는 그 누구도 없다. 나와 영국인 조종사, 그리고 버리아뿐이었다. 조종사는 또다시 나를 재촉했다. 혼자 호텔로 가는 것보다 패러글라이딩이 훨씬 안전하다, 아무 문제없다. 또 그놈의 노 프라블럼.

탈까? 말까? 수십 번의 갈등이 오갔다. 하늘에서 죽느냐, 호텔을 찾아가다 네팔 미아가 되느냐, 어느 걸 선택해도 결말은 비극적일 것 같았다.

그때 내 눈에 버리아가 들어왔다. 20킬로그램 가까운 무게의 패러글라이더를 지고 올라온 그 소년, 낡은 슬리퍼를 신고 산길을 오르던 그 소년이 목에 걸친 수건으로 땀을 닦으며 말했다.

"No Problem."

페와 호수. 햇살에 반짝이는 물결이 은하수처럼 흐른다.

인생 샷 남겨 보겠다고 산 파랑, 빨강 스웨터.
파랑 스웨터야, 미안.

소년은 하얀 이를 드러내며 웃어 주었다. 그 순간 나도 모르게 이렇게 더듬거렸다.

"Not me, that boy!"

조종사가 버리아를 보았다. 소년이 뒤로 몸을 빼며 손사래를 쳤다.

"You, paragliding."

나는 울상이 되어 간절하게 말했다. 조종사는 하늘을 나는 오색의 패러글라이더와 까만 얼굴의 버리아와 겁에 질린 나를 번갈아 보더니 소년에게 타라는 손짓을 했다. 소년은 믿을 수 없다는 듯 정말 자기가 타도 괜찮겠냐고 묻는 눈빛이었다. 나는 얼른 고개를 끄덕였다. 소년의 얼굴이 환해졌다.

드디어 소년이 탄 글라이더가 떠올랐다. 땅 위의 것들이 모두 하늘로 솟아오르고 나서야 나는 손에 난 땀을 바지에 닦았다. 그리고 터덜터덜 혼자서 산길을 내려왔다.

"야호!"

머리 위에서 환성이 쏟아졌다. 걸음을 멈추고 하늘을 올려다보았다. 동료들이 나를 향해 손을 흔들었다. 노랑, 파랑, 빨강, 초록…. 피어오르는 꽃봉오리처럼 고왔다

"흥, 아래서 올려다보는 풍경도 좋거든."

하나도 안 부러운 척 나는 하늘을 향해 손을 흔들어 주었다.

20분 넘게 내려오니 큰길이 나왔다. 두리번거리며 내가 타고 왔던 차를 찾았다. 그런데 차는커녕 지나가는 택시도 없었다.

우리가 차에서 내려 산길을 오를 때 구경을 나왔던 마을 남자들이 그 자리에 있었다. 그들은 혼자 산을 내려온 나를 보며 네팔 말로 떠들었다. 손짓을 하며 깔깔거리고 박수까지 쳤다. 무서워서 못 탔나 봐, 뭐 이런 말인 것 같았다. 모두들 반바지에 슬리퍼 차림이었다. 그중 앞니 빠진 남자가 엉덩이를 털며 내게로 쭈뼛쭈뼛 다가왔다.

"왜 안 탔나?"

"무서워서 못 탔다."

"No Problem, No Problem."

이 동네 사람들은 어떤 상황에서나 노 프라블럼이다. 그 말에 짜증이 확 났다. 남 기분은 생각지도 않고 그냥 모든 게 다 괜찮다고, 걱정 없다고 하는 그 무성의한 위로에 화가 치밀었다. 그러나 아쉬운 쪽은 나였다. 난 지금 정보가 필요했다. 그래서 되지도 않는 영어로 손짓 발짓 섞어 그에게 말했다. 사실 난 영어를 잘 못한다. 영어를 못하는 나와 나보다 쪼끔 더 못하는 그 남자와의 대화는 서로 자기 말만 하는 식이었다.

"우리가 타고 온 차는 어디 있나?"

"없다."

세상에나! 미처 생각하지 못했다. 차는 우리를 내려놓고 바로 패러글라이딩이 끝나는 곳에서 우리 일행을 기다리고 있었던 것이다. 정신을 차려야 했다.

"그곳까지 걸어갈 수 있나?"

"그렇다."

그 말에 난 눈을 반짝였다.

"1시간? 2시간 정도 걸으면 된다."

황당해서 입이 쩍 벌어졌다. 그는 어김없이 또 노 프라블럼 타령이다. 차라리 택시를 타고 호텔로 바로 가는 편이 나았다. 그래서 그에게 택시를 불러 줄 수 있냐고 물었다.

"No taxi, No problem!"

아, 정말 눈물이 핑 돌았다. 연락할 방법도 없고 그렇다고 유창하게 영어를 잘해 말이 통하는 것도 아니고 눈앞이 캄캄했다. 내 표정을 읽은 그가 옆에 있는 사람들이랑 네팔 말을 빠르게 주고받더니 또 웃었다. 그러고는 내게 와서 호텔이 어디냐고 물었다. 호텔? 분명 흘림체의 한글이 있었는데. 영어도 아닌데 기억이 나지 않았다. 쇼핑 골목 입구에 있는 낡은 호텔이었는데. 숨을 크게 쉬었다. 이젠 정말 네팔 미아가 되는구나, 그때 '산마루'라는 글자가 스쳤다.

"마운틴 호텔!"

내가 이름을 말하자 잘 안다고 했다. 정말 알고 그 말을 하는 건지는 알 수 없지만 지금은 이 사람을 믿을 수밖에 없었다. 그는 여기 다니는 아무 차나 잡아줄 테니 차비를 내면 된다고 했다. 갑자기 겁이 확 났다. 혹시 나를 다른 곳으로 데려가면 어쩌지? 호텔 마운틴을 운전사가 모르면? 나도 모르게 그에게 말했다.

"그럼 함께 가자, 나를 호텔까지 안내해 줄 수 있느냐?"

낯선 차에 낯선 운전사와 낯선 길을 달린다? 내가 본 최고의 스릴러 장면도 이보단 덜 무서울 것 같았다. 그는 주저하는 기색 없이 고개를 끄덕였다. 그러더니 곧 난처한 표정을 지었다.

"갔다가 돌아올 때는 걸어와야 한다. 난 차비가 없다."

순간 내가 말했다.

"No Problem, No Problem."

그렇게 말해 놓고 나도 모르게 웃었다. 그의 말대로 지나가는 차를 잡았다. 그가 나와 함께 차를 탈 때 나머지 두 남자가 엄지를 치켜세우며 부러운 눈빛을 보냈다. 그는 차 안에서 싱글벙글 웃으며 운전사와 네팔어를 주고받았다. 몇 달 만에 짜장면집이 있는 읍내 나들이를 가는 산골 소년 같은 표정이었다. 무사히 호텔로 돌아왔다. 물론 마을로 다시 돌아가는 남자에게 넉넉하게 차비를 쥐어 주었다. 그도 나도 땡큐, 땡큐를 외쳤다.

"누나, 패러글라이딩 타는 돈이 얼만 줄 아세요? 네팔 사람들

한 달 월급이에요. 저도 아직 못 타봤어요. 그 아이 오늘 복 터졌네."

네팔 친구 프렘이 내 소식을 벌써 들은 모양이다. 간신히 호텔로 돌아온 나를 붙들고 돈이 아까워 죽겠다는 듯 몇 번을 말했다. 나도 살짝 후회를 했었다. 말도 통하지 않는 내가 혼자 물어물어 호텔까지 찾아온 험난한 여정 또한 하늘을 나는 두려움 못지않을 거라고. 그럴 줄 알았으면 그냥 타는 건데, 하는 마음도 있었다.

"그 버리아들이 짐 날라 주고 2,000원 정도 받거든요. 그 돈 모아 패러글라이딩 하려면 늙어 죽어요."

그런데 프렘의 말을 듣고 후회스러운 맘이 싹 가셨다. 그곳에서 일하는 소년들은 부모가 없는 고아들이 많다고 했다. 그 아이들이 20킬로그램이 넘는 패러글라이더를 짊어지고 산을 오르는 이유는 먹고살기 위해서이기도 하지만 대부분 조종사의 꿈을 가진 아이들이란다. 남이 탈 짐만 나르는 그 소년에게 오늘 내가 내민 초록 패러글라이더는 뜻밖의 행운일 수도 있다. 더구나 조종사의 꿈을 가진 소년이라지 않는가. 얼마나 타고 싶었을까? 믿을 수 없다는 듯 나를 보며 환하게 웃던 소년의 모습이 떠올랐다. 버리아 소년의 첫 비행 실습, 기분은 어땠을까? 자기가 오르내리던 산길을 내려다보며 무슨 생각을 했을까? 하늘을 날면서 조종사가 되겠다는 꿈이 더 단단해졌을지도 모른다.

　오늘은 내가 살면서 영어를 가장 많이 쓴 날이다.

　"Not me, that boy!"

　나 대신 저 아이, 오늘 내 입에서 나온 최고의 명대사다. 그나저나 앞니 빠진 그 남자는 집으로 무사히 돌아갔을까? 당연히 그랬겠지, 노 프라블럼, 노 프라블럼이니까.

간드룩

Ghandruk

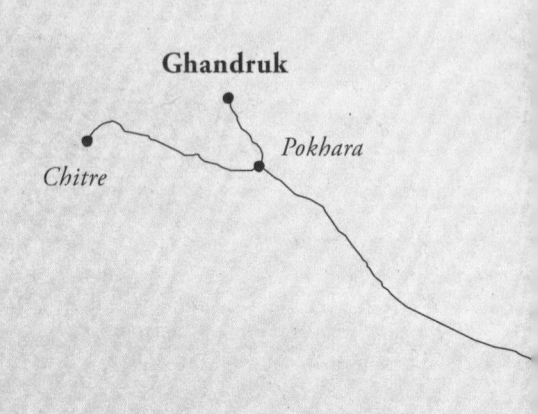

Ghandruk

Pokhara

Chitre

그들의 안부가 궁금하다

한상순

한마디로 오지랖이다. 어떤 일에 마음이 쓰이면 그냥 지나치지 못하고 어떻게든 참견해야 한다. 이번에도 그랬다.

1월 중순, 치트레 마을의 햇살은 따가웠다. 그러나 해가 지면 순식간에 기온이 떨어진다. 난방시설이 없는 숙소는 핫팩이 아니면 도저히 잠을 잘 수가 없었다. 양말을 신고 옷을 껴입어도 추워서 뒤척였다. 그런 우리를 위해 프렘 어머니는 작은 아궁이에 불을 지폈다. 찻물을 끓여 보온병에 담아 놓기 위해서였다. 그러고는 우리를 볼 때마다 활짝 웃으며 "따또바니! 따또바니!"(뜨거운 물! 뜨거운 물!) 하고 외쳤다. 덕분에 우리는 따끈한 차를 마시며 이런저런 이야기를 나눌 수 있었다.

"우리는 핫팩까지 끼고 자도 추운데 네팔 사람들은 어떻게 견

디지?"

"살림살이가 변변치 못한 사람들은 더 견디기 힘들 거야."

"맞아, 아까 만난 그 여인만 봐도 그래, 너무 안됐더라고……."

지언 언니가 나를 쳐다보며 말했다. 순간, 해질녘 골목에서 만난 여인의 모습이 눈앞을 스쳐 지나갔다. 자기 몸보다 더 큰 나뭇짐을 지고 좁디좁은 고샅길을 숨 가쁘게 오르던 맨발의 여인. 가난의 때가 줄줄 흘렀지만 수줍은 미소를 띠던 여인. 너무 말라 나뭇짐이 여인을 안고 가는 것처럼 보였다.

"나마스테!"

여인이 숨을 헐떡이며 손을 모으고 인사를 하더니 낮은 돌담에 나뭇짐을 내려놓았다.

"나마스테" 하고 답인사를 하는데 맨발에 눈이 갔다. 거북 등처럼 갈라진 발등과 뒤꿈치에서 피가 나고 있었다.

"안 아파요?"

발을 가리키며 묻자 여인이 발등을 보여 주며 울상을 짓고 같은 말을 반복했다.

"아파요, 아파요"라는 뜻인 것 같았다.

초등학교 다닐 때, 나는 한 시간을 걸어 학교에 다녔다. 장갑도 변변히 없었던 그 시절, 겨울이면 영락없이 손등이 갈라져 피가 났다. 그 여인도 그랬다.

치트레 마을 아주머니와 아궁이

"신발을 신고 다녀야죠. 이 발을 어떡해요."

안타까워하며 말하자 '뭐라는 거지?'라는 표정으로 바라보던 여인이 다시 나뭇짐을 졌다. 나는 여인의 뒤를 따라갔다. 집이 어딘지 알아둬야 다시 찾을 수 있을 것 같아서였다. 가파른 고샅길을 몇 구비 지나자 여인의 집이 나왔다. 바람이 불면 훅 날아갈 것만 같은 흙집. 흙마루 한쪽에는 낡은 옷가지가 뿌연 먼지에 덮여 있었다. 또 오랫동안 손을 보지 못한 듯 흙벽 여기저기가 움푹움푹 패어 있었다. 한눈에 봐도 고단한 살림살이였다.

"약 갖고 내일 아침에 다시 올게요."

그렇게 약속한 후 숙소에 들어와서도 내내 마음이 쓰였다.

"그래서 내일 아침에 그 집에 가 보려고요."

"그래, 생각 잘했다. 터진 발에 바를 약이 필요할 것 같아."

지언 언니가 컵에 물을 따르며 말했다.

다음 날 아침, 약을 챙겨 가지고 그 여인의 집으로 갔다. 마루에는 어제처럼 빨랫감이 쌓여 있고 빨랫줄에는 허름한 아이들 옷이 나부끼고 있었다. 부엌에서 여인이 나왔다. 터진 발을 살펴보는데 아이들이 몰려들었다. 올망졸망한 아이들이 여섯이나 되었다.

"던네밧!" "던네밧!"(고맙습니다! 고맙습니다!)

약을 발라 주고 일어서는데 모여 있던 식구들이 박수를 치며

간드룩 가는 길과 허름한 집들

'던네밧'을 외쳤다.

2010년, 간드룩 마을에서 만난 그 여인도 그랬었다. 그때도 마을길을 어슬렁거리다가 그 여인을 만났다(여행지나 낯선 마을에 가면 이 골목, 저 골목을 다니며 마을 집들을 구경하는 것이 취미다). 여인은 허름한 판잣집 앞에 앉아 햇볕을 쬐고 있었다. 역시 맨발이었고, 까만 발등이 소복이 부어 있었다. 다가가서 발을 보여 달라고 했다. 여인은 부끄러운 듯 긴 치맛자락으로 발등을 가렸다. 그러나 내가 누구인가. 간호사가 아니던가. 설득하여 발을 살펴보니 발바닥에 깊은 상처가 있고 고름이 찌걱찌걱 묻어났다. 병원에서 환자들에게 문진을 하듯 말도 통하지 않는 여인에게 손짓 발짓 섞어가며 물었다.

발을 치료해 준 여인

"어쩌다 다쳤어요? 무엇에 찔렸어요? 다친 지 얼마나 됐어요?"

"일주일 전에 깨진 유리를 밟았어요."

여인 역시 손짓, 발짓으로 대답했다. 그때 마침 간드룩으로 우리를 안내했던 청년이 와서 통역을 해 주었다. 여인은 포카라가 시댁이라고 했다. 결혼한 지 여섯 달이 되었고 발을 다치는 바람에 친정이 있는 간드룩으로 들어와 쉬고 있다고 했다.

"나야플에서 나귀 타고 왔어요?"

"나귀 타는 값이 비싸요."

"그럼 여기까지 걸어왔다는 거예요?"

우리가 포카라에서 버스를 타고 나야플에서 내려 간드룩까지 오는 데는 걸어서 꼬박 여덟 시간이 걸렸다. 교통수단은 고작 나귀를 타는 것밖에 없었다. 그러나 나귀는 거의 짐을 실어 나르는 데 이용했기 때문에 사람들은 거의 다 걸어야 했다. 길은 좁고 돌이 많은데다 비탈길이 이어져 무척 고생을 했다. 산에 나무가 많지 않아 햇볕이 그대로 머리 위로 쏟아졌다. 건강하다고 자부하던 나도 일사병으로 죽다 살았다. 등산화를 신었는데도 자꾸만 돌부리에 발이 차이는 바람에 며칠간 발목이 시큰댔었다.

그런데 세상에! 그런 길을 이렇게 다친 발로 걸어서 오다니!

'병원에 가서 치료를 받아야 한다'는 말이 입에서 맴돌았지만 그 말을 할 수가 없었다. 여인의 행색만 봐도 병원에 갈 형편이 안 된다는 걸 알 수 있었기 때문이었다. 또, 오죽하면 포카라에서 병원도 없는 이 산중으로 들어왔겠는가. 상처는 보기보다 심각했다.

"치료를 해 줄 테니 어디 가지 말고 이 자리에 꼭 계셔요."

여인은 알아들었는지 못 알아들었는지 큰 눈만 껌벅거렸다. 숙소로 달려와 구급상자를 꺼내들고 뛰었다. 여인이 그 자리에 그대로 앉아 있었다. 상처에 소독을 하고 균이 들어가지 않도록 붕대로 싸매 주었다.

"맨발로 다니면 상처가 낫지 않으니 꼭 신발을 신어야 해요."

여인은 대답 대신 "던네밧!" 하고 손을 모았다. 나도 그제야 허리를 펼 수 있었다. 뙤약볕에 등이 따가웠고, 이마에서는 땀방울이 뚝뚝 떨어졌다. 다음 날부터는 혼자서도 할 수 있도록 소독 방법을 알려 주고 항생제와 소염제를 주며 잘 챙겨 먹도록 했다. 다행히 상처는 하루하루 눈에 띄게 좋아졌다.

우리가 간드룩을 떠나던 날 새벽, 어떻게 알았는지 여인은 마을 어귀에 나와 우리에게 수줍게 손을 흔들었다. 한동안 네팔을 생각하면 간드룩의 그 여인이 먼저 떠올랐었다. 그런데 이 치트레 여인을 보자 엊그제의 일처럼 또다시 간드룩 여인이 머리를 스쳤다.

치트레에 도착한 다음 날, 락쉬미 학교에서 행사가 있었다. 전교생이 운동장에 모였는데, 맨 앞줄에 앉아 있는 아이가 유독 내 눈을 끌었다. 그 아이는 형에게 물려받았는지 푹 파묻힐 만큼 큰 낡은 교복을 입고 있었다. 맑고 까만 눈에 순수함이 묻어나는 웃음. 콧물을 훌쩍이면서 옆 친구와 도란대는 모습이 천진난만해 보였다. 행사에는 학부형들이 학생들보다 많았다. 온 가족들이 모두 몰려와 구경을 했다. 우리 일행 중 하나가 즉석 사진을 찍어 주었는데 다른 아이들과는 달리 그 아이는 혼자였다.

행사를 마치고 잠깐 시간을 내서 치트레 여인의 집에 들렀다. 마당에 들어서니 할아버지가 칭얼대는 손주를 업어 어르고 있었다. 집 안은 조용했다.

"할아버지, 학교에 구경 오시지 그랬어요?"

말이 안 통하는 할아버지는 그저 빙그레 웃기만 했다.

"아기 엄마는 또 나무하러 갔어요?"

몇 마디 더 물었지만 할아버지의 대답은 '던네밧'이었다. 할

치트레 여인의 집

수 없이 들고 간 간식거리를 전하고 나오는데 아까 학교에서 보았던 그 아이가 마당으로 들어서는 게 아닌가.

"여기가 너의 집이니?"

아이가 씩 웃으며 고갤 끄덕이더니 할아버지에게 달려가 매달렸다.

'아, 그랬구나. 어쩐지 자꾸 눈길이 가더라니……. 마을 사람이 다 모일 때도 아이 엄마는 나무를 하러 갔었구나.'

그날 밤, 숙소에서는 우리 일행들이 여행 가방을 터느라 한마

간드룩 마을의 돌계단 길

디로 난리법석이었다. 저마다 최소한의 것만 남기고 옷, 담요, 타월, 양말, 운동화 등을 아낌없이 다 내놓았다. 금세 몇 뭉치가 되었다. 다음 날 아침, 꾸러미를 챙겨들고 구불구불 골목길을 내려와 여인의 집을 찾아갔다. 마침 이른 아침이라 일가족이 모두 모여 있다가 반갑게 맞이했다. 3대, 4대가 한 집에 같이 살던 어릴 적 우리네 시골 풍경을 보는 것 같아 정겨웠다.

"던네밧! 던네밧! 던네밧! 던네밧……"

꾸러미를 건네받으며 '던네밧'보다 더 감사하다는 말이 없어 아쉽다는 듯 쉴 새 없이 '던네밧'을 반복했다.

"이 운동화는 꼭, 모렘 엄마가 신으세요. 나무하러 갈 때는 꼬옥 이 신발 신어야 해요."

운동화를 손에 들려 주자 여인은 어쩔 줄 몰라 하면서도 기쁜 기색이 역력했다. 그리고 우리가 마당을 나올 때까지 손에서 운동화를 놓지 않았다.

치트레를 떠나 치트완 마을에서 며칠 머물게 되었는데, 갈아입을 옷이 없었다. 세탁한 겉옷을 타월에 싸서 밟아 물기를 빼서 말렸다. 밤이 되자 오슬오슬 추웠다. 핫팩도 다 썼고 더 껴입을 옷도 없었다. 하지만 치트레에서의 오지랖을 생각하면 추위쯤은 아무렇지도 않았다. 가슴 저 밑바닥에서부터 자꾸 기쁨이 치고 올라왔다.

간드룩 여인

어쩌면 이런 오지랖이 내 삶의 방식인지도 모른다. 운동화를
받아 가슴에 꼭 껴안던 치트레 여인, 뿌연 새벽, 길목에 나와 지
키고 서 있다가 손을 흔들어 주던 간드룩 여인. 한국에 돌아와서
도 나는 그들이 자꾸만 그립다. 이렇게 히말라야 설산과 함께 두
고두고 네팔의 기억으로 떠오를 이 두 여인을 가져 행복하다.

그 치트레 여인은 과연 나무하러 갈 때 운동화를 신고 다닐
까?

지금 길에서 만나도 단번에 알아볼 수 있을 것 같은 간드룩 여
인, 그 여인은 또 어떻게 살고 있을까? 아이는 몇이나 낳았을까?

문득, 그들의 안부가 궁금해진다.

마나카마나

Manakamana

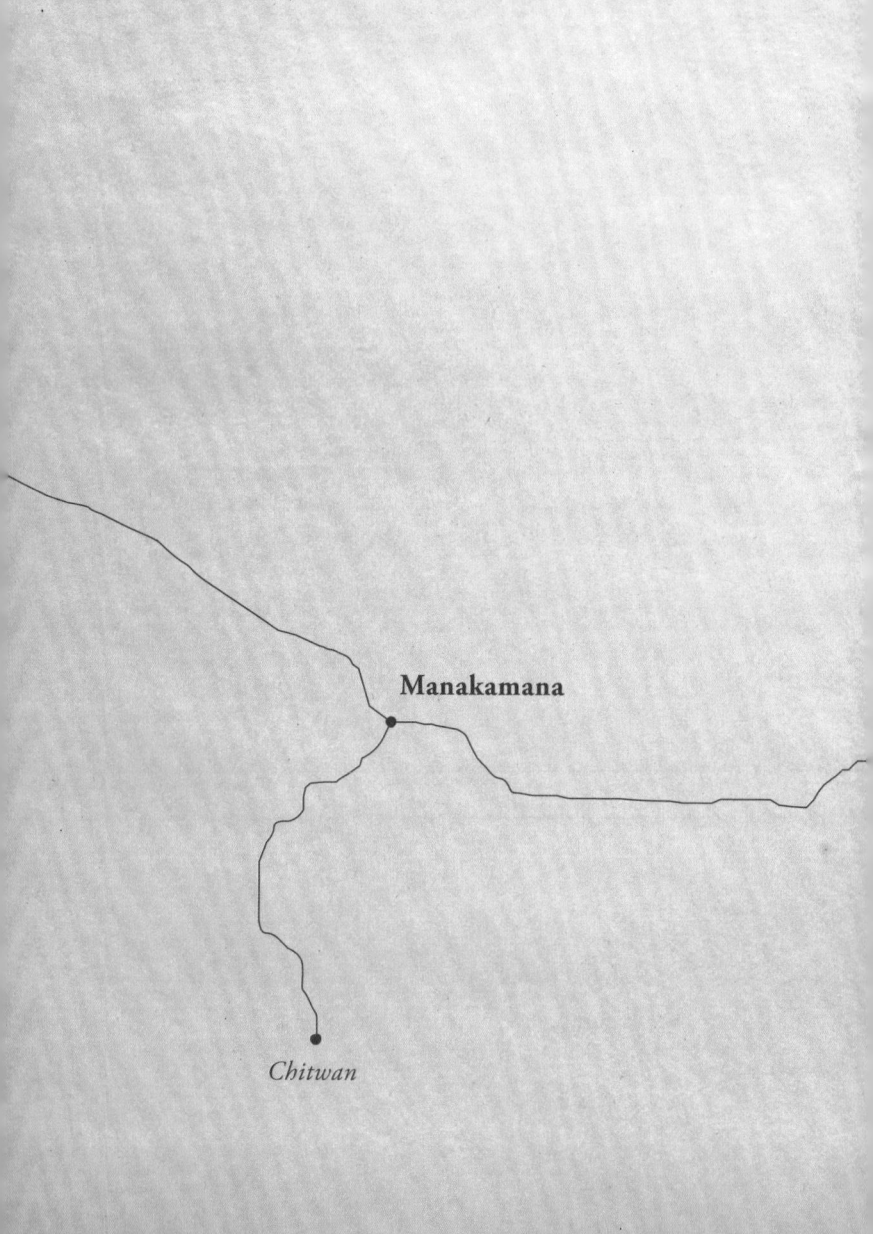

정진아

어떤 인연

믿을 수 없는 신비한 사건을 다루는 TV프로그램이 있다. 그 프로그램을 보며 나는 자주 '거짓말'이라는 단어를 떠올렸다. 하지만 그 일 이후, 생각이 바뀌었다. 하버드대 연구팀도 과학적인 근거를 찾지 못했지만, 절대 물에 가라앉지 않는 '코르크 인간'이 존재했던 것처럼, 지금 어디선가 불가사의한 일들이 벌어지고 있을지도 모른다고.

내게도 그런 일이 있었다. 사건은 2010년 네팔 첫 방문으로 거슬러 올라간다. '세계 어린이작가대회'에 초대되어 네팔에서도 시골이라는 포카라의 간드룩 마을로 향하는 중이었다. 카트만두에서 포카라까지는 최소 8시간에서 10시간 정도가 걸린다고 했다. 200킬로미터밖에 되지 않는 거리지만, 히말라야 협곡 사이로 난 도로는 비포장에 가까웠고, 대부분 편도 1차선이라 속도를 낼 수 없는 형편이었다.

아침 일찍 도시락을 하나씩 받아 들고 포카라로 떠나는 버스에 올랐다. 3시간쯤 달렸을까? 갑자기 차를 세우더니 진행 팀에서 외국인 작가들을 불렀다. 그리고 무슨 사원에 간다는 말을 했다. 네팔 사람들이 가장 신성시하는 사원인데 케이블카를 타고 올라간다는 거였다.

네팔에서 케이블카? 순간 당황스러웠다. 전기도 충분치 않은 이 나라에서? 안전은 문제없는 거야? 불안감이 몰려왔다. 거기다 케이블카를 타기 위해 기다리는 사람들의 줄이 어마어마했다. 사원에 들렀다가 오늘 안에 포카라에 갈 수 있을까? 고개를 갸웃거렸지만 내 발은 이미 외국인 작가들과 함께 움직이고 있었다. 긴 줄과 상관없는 통로를 지나니, 우리를 기다리는 케이블카가 있었다. 오랫동안 기다렸을 사람들에게 미안해서 쭈뼛거리며 케이블카에 올랐다. 하지만 네팔 사람들은 전혀 신경 안 쓴다는 듯 덤덤한 눈빛으로 우리를 보고 있었다.

안내를 위해 함께 케이블카에 오른 네팔 작가는 영어와 네팔어를 섞어 가며 마나카마나 사원에 대해 설명했다. 이야기를 들으며 산중턱 마을을 구경하는 사이 해발 1,385미터 정상에 도착했다.

마나카마나 사원으로 향하는 케이블카

사원을 향해 오르막길을 걸었다. 2월이었지만 한낮엔 무척 더웠다. 나무 한 그루 없어 머리 위로 떨어지는 햇볕을 고스란히 이고 가야 했다.

사원은 기대와 달리 옹색했다. 허름하고 볼품없었지만 산꼭대기에 이만큼의 터를 잡기도 쉽지 않았으리라 짐작하며 사원을 올려다보았다. 3층 높이의 붉은빛을 띠는 건물은 빛바랜 휘장으로 장식되어 있었다. 대체 이 높은 곳에 사원을 지은 이유는 뭘까? 17세기에 그게 어떻게 가능했을까? 그리고 또 무엇이 이 많은 사람들로 하여금 이곳에 와 기도를 올리게 하는 걸까? 이런 생각을 하며 나는 사원 이곳저곳을 기웃거렸다. 사원 안으로 들어가려는 사람들의 줄은 끝이 보이지 않았다. 나는 호기심을 품고 사원 주변을 어슬렁거렸다. 골목마다 사람들로 가득했다. 낯선 이들과 눈을 맞추며 미소를 나누고, '나마스테' 인사를 건네며 두 손을 모으기도 했다.

그런데 갑자기 마나카마나 사원 전체가 웅우우우웅— 우웅— 웅— 소리를 내면서 심하게 흔들리기 시작했다. 사원과 사원 앞에 있던 종들과 제단도 흔들렸다. 진동이 더 빨라지더니 웅우우우웅— 소리도 더 커졌다. 들고 있는 카메라로 진동의 순간을 사진으로 찍으려고 했지만 자동카메라의 초점이 잡히지 않아 사진이 찍히지 않았다. 동료에게 뛰어가 물었다.

"왜 이렇게 흔들리지? 이거 지진 아니야?"

동료는 무슨 말인지 모르겠다는 얼굴이었다.

"땅 전체가 흔들리잖아. 사원이랑 종도. 흔들리는 거 안 보여? 웅— 하는 소리도 나잖아."

동료는 고개를 저으며 전혀 흔들리지 않는다는 말을 했다. 또 다른 동료에게 물었다.

"지금 흔들리는 거 느껴지세요?"

그는 뭔 소리? 하는 표정으로 쳐다보았다.

"사원이랑 종들, 저 앞에 제단과 사람들까지 다 흔들리고 있 잖아요. 괜찮으세요?"

"네, 아무렇지도 않아요."

그랬다. 그곳에 있는 사람들은 내가 느끼고 있는 진동을 전혀 느끼지 못하고 있었다. 제단에서는 향이 타올랐고, 기도는 계속 이어졌다. 관광객들은 웃으며 사진을 찍었고, 노점에서 물건을 흥정하기도 했다. 자리를 옮겨 보았지만 소용이 없었다. 진동은 계속되었다. 왜 나만 이런 현상을 느끼는 걸까? 수많은 사람과 함께 있으면서 혼자 딴 세계에 있는 것 같다는 생각이 들었다.

그리고 한국에 돌아와 바쁜 일상을 보냈다. 어느 날 방송일 로 사상철학가와 만나게 되었다. 취재를 끝내고 이런저런 이야기

불 피우는 여자아이

를 나누다가 나는 네팔에서 경험했던 일을 들려주었다. 그분은
내 말을 듣고 나를 한참 동안 바라보더니 입을 열었다.

"그곳과 인연이 있었나 보네요."

"인연이요? 하고 많은 나라 중에서 네팔에 갔으니, 인연이라
면 인연이겠죠."

"그런 거 말고요. 전생은 아니고 4생이나 5생전에요. 그곳에
선생님이 있었던 거 같아요."

그 말에 나는 피식 웃었다. 하지만 그분은 말을 이어갔다.

"거기 계셨던 것 같아요. 그 사원과 깊은 인연이 있고요. 사원을 세운 수도자일 수도 있고, 사원을 짓다 죽어간 사람일 수도 있고, 하여튼 그 사원과 특별한 인연이 있는 건 분명해요."

고고한 수도자는 아니었을 것 같고, 그렇다면 벽돌을 나르는 천민이었을까? 아니면 무엇이었을까? 윤회설을 믿는 건 아니지만, 괜히 서글퍼졌다. 케이블카도 없던 그 시절에 무거운 돌을 이고지고 산을 오르내렸을 나를 생각하니, 시시포스의 운명처럼 안타까운 마음이 들었다.

굽이굽이 좁은 산길을 걸어 꼭대기까지 돌을 져 나르던 여인의 얼굴을 상상해 보았다. 그녀의 고달팠던 일생, 피를 토하고 죽는 순간까지 계속됐던 지독한 노동. 그 얼굴 위로 여행객들의 짐을 지고 산을 오르던 수많은 셸파들의 발걸음이 겹쳐졌다. 가슴이 먹먹해졌다. 그리고 몇 백 년이 지나서 무거운 돌만큼이나 버거운 생활의 짐을 지고 다시 찾아온 지금의 나를 알아본 사원이 애통한 마음에 내게 말을 건 거라고 혼자서 소설을 써 보기도 했다.

2015년 4월 25일. 너무도 충격적인 뉴스에 몸을 떨었다. 네팔에 대지진이 일어난 것이다. 이미 몇 천 명이 세상을 떠났으며, 여진이 이어지고 있다는 뉴스였다. TV화면을 통해 공포에 떨며

지진 이전 마나카마나 사원

울고 있는 사람들의 얼굴을 보면서 나도 모르게 눈물이 났다. 문득, 마나카마나 사원이 떠올랐다. 그때 느꼈던 그 진동이 다시 내 온몸을 휘감는 것 같았다. 그때, 땅 속 깊은 곳에서 잠자고 있던 지진이 잠시 눈을 떠서 나에게 말을 건 걸까? 정말 나는 그 사원과 어떤 인연이 있는 걸까? 말도 안 되는 생각을 하며 마나카마나 사원이 무사하길, 꼭 한 번 다시 만날 수 있길 빌었다.

2017년 다시 사원에 갈 기회가 생겼다. 치트완에서 카트만두로 가는 길에 들르기로 한 것이다. 케이블카를 타려는 사람들의 줄은 여전히 길었다. 순서를 기다려 케이블카를 타고 사원으로 향했다.

사원은 또 한 번 나를 향해 울어 줄까? 설렘과 기대 뒤편에는 묘한 두려움이 웅크리고 있었다. 케이블카에서 내려 한걸음에 사원으로 향했다. 예전과 다름없는 노점상들과 계단……. 그런데 위로 올라갈수록 뭔가 느낌이 이상했다. 낮은 회색빛 건물들이 연보라와 핑크색 페인트칠을 한 새 건물로 바뀌어 있었다. 그때 나는 잊고 있었던 지진을 떠올렸다. 복구가 어려울 만큼 심하게 파손된 건물들은 새로 지었다는 누군가의 말이 귓가를 스치고 지나갔다.

한달음에 달려 사원 앞마당에 도착했다. 없었다. 사원이 사라진 것이다. '사원 사진'이 사원을 대신하고 있었고, 사진 앞에 서서 사진을 찍으면 돈을 받는 사람이 생겼다. 그는 '포토, 포토'를 외쳤다.

나는 사진 속 사원을 한참 동안 바라봤다. 아무 소리도 들리지 않았다. 그 사원은 죽은 사원이었다. 숨 쉬지 않는 사진 속 사원이었다. 그러니 사원의 꿈틀거림도 목소리도 없는 게 당연했다. 지진으로 무너진 사원은 보수공사 중이라고 했고, 얼기설기 걸쳐진 지지대만 보일 뿐 가려져 있었다. 나는 허탈함에 빠졌다. 다시 케이블카를 타러 가야 한다는 일행의 목소리가 들렸지만, 발길이 떨어지지 않았다. 마나카마나 사원과의 인연은 여기서 끝인 걸까? 다음 순간 나는 가만히 고개를 저었다. 평생에 한 번이라고 생각한 네팔 여행이었다. 일회성으로 끝날 줄 알았던 네팔과 네팔 사람들과의 인연이 지금에 이르고 있다. 우리는 알게 모르게 서로 이어져 있다는 생각을 하곤 한다. 마나카마나 사원과의 인연 역시 그럴 거라고 마음을 다독였다. 언젠가 무너짐을 딛고 새로 태어난 마나카마나 사원과의 재회를 기대하며 나는 그곳을 떠났다.

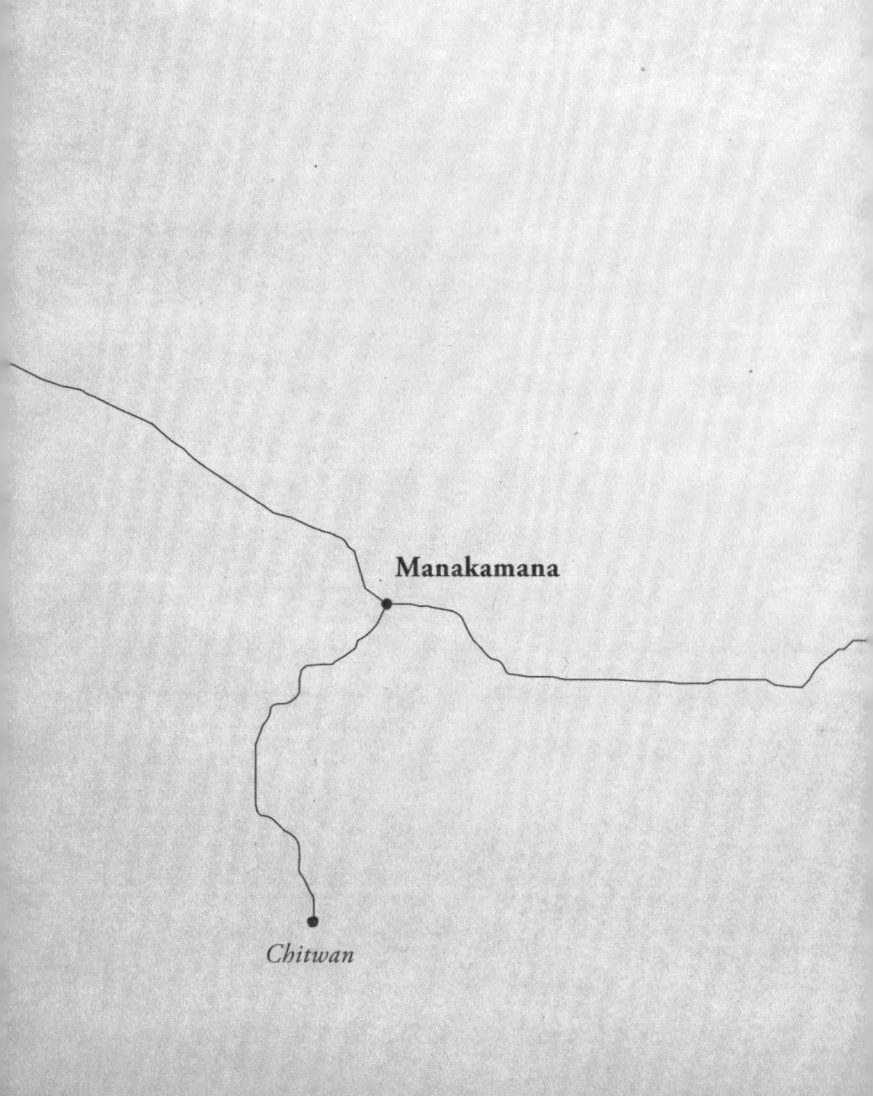

이
묘
신

염소에게 자비를

고르카 지역 남동쪽에 있는 마나카마나 사원은 1,300여 미터 높이의 산 정상에 있다. 마나카마나는 소원을 들어주는 신의 이름이다. 네팔 사람들은 죽기 전에 이곳에 꼭 한번 오는 게 소원이라고 한다.

사원으로 가려면 케이블카를 타야 한다. 케이블카가 생기기 전에는 산길을 몇 시간이나 걸어서 올라야 했다. 케이블카 덕분에 이젠 15분이면 된다.

케이블카 앞에 줄이 길게 늘어섰다. 우리 일행도 그 줄 끝에 섰다. 그때 어디선가 매애애, 울음소리가 들려왔다. 줄 선 사람들 틈에 염소가 있었다. 여인 손에 고삐를 잡힌 염소는 대열에서 빠져나가려고 애를 썼다. 어떤 염소는 북적이는 사람들 때문에 놀랐는지 오줌을 쌌다.

"와, 염소가 케이블카도 타네."

"아유, 완전 행운의 염소네!"

일행 중 한 명이 말했다. 호기심 어린 말투였다. 염소의 동그
란 눈망울과 마주친 나는 슬쩍 고개를 돌렸다.

마나카마나 사원은 힌두사원이다. 힌두사원은 동물을 제물
로 바치는 전통이 있다. 저 염소들도 분명 그럴 것이다.

인간의 바람을 이루기 위해 희생되는 동물들은 수도 없이 많
다. 소, 양, 돼지, 염소, 닭, 비둘기……. 어디 그뿐인가! 인간까지
제물로 희생양이 되기도 했다. 많은 이들의 소원을 위해 힘없는
동물들과 사람들은 제물이 되었다.

지금 저 염소는 오늘 쬐는 햇살이 마지막 햇살이 될 것이다.
오늘 먹었던 풀이 마지막 식사가 될 것이다. 자기가 타고 갔던 케
이블카를 타고 다시는 내려오지 못할 것이다.

우리 순서가 되어 케이블카에 올라탔다. 깎아지른 듯 가파른
산으로 올라가는데 발아래 집들이 보였다.

"오우 멋져! 남해 다랑이논 같아."

까마득히 먼 저 아래 다랑이논들은 마치 한 계단 한 계단 하
늘로 오르는 계단처럼 보였다. 일행은 카메라 셔터를 누르며 케
이블카 이쪽저쪽으로 자리를 옮겼다. 그때마다 케이블카가 덜컹

케이블카를 타기 위해 기다리는 사람들과 염소

염소를 데리고 사원을 오르는 어느 가족과 주변 시장 상인들

거렸다. 나는 그냥 가만히 앉아 있었다. 머릿속이 괜히 복잡했다.

케이블카에서 내리자 머리가 띵했다. 사람들이 스쳐 지나갈 때마다 향냄새와 와글와글 시끄러운 소리 때문에 머리가 지끈지 끈했다. 사원으로 들어가는 길 양쪽으로 가게들이 즐비했다. 기 도에 필요한 물건들, 이름을 알 수 없는 악기, 펼쳐 놓은 장난감에 간단하게 먹을 음식까지 잔뜩 놓여 있었고, 사람들로 북적북적 정신이 하나도 없었다. 사원의 커다란 그림 앞에서 사진을 찍으라며 우리가 지나갈 때마다 찰칵찰칵 입으로 소리를 내는 사람도 있었다. 세상에서 제일 높은 곳에 있는 시장, 산꼭대기에 열린 시장이었다. 사람들의 모습은 활기차 보였다.

사원으로 가는 시장 골목에 가로수처럼 귤나무가 몇 그루 서 있었다. 싱싱한 귤이 잔뜩 매달린 걸 보니 지끈지끈하던 머리가 맑아지는 것 같았다.

"사원은 어디 있어?"

꼭대기까지 올라온 일행이 물었다.

"저기 있잖아!"

그 전에 여길 한 번 왔다는 영숙 언니가 손가락으로 가리켰다. 눈앞에 낡고 허름한 모습이 펼쳐졌다. 기다란 장대들이 얼기설기 엮여 있고 양철판으로 빙 둘러져 있었다.

"이게 사원이야?"

"지진으로 다 허물어져서 지금 복구 중이래."

그래서 입구에서 사원 그림을 놓고 사진을 찍으라고 했구나, 의아했던 게 풀렸다.

신이 사는 사원이 저렇게 무너졌는데 신은 여전히 머물고 있을까? 하지만 네팔 사람들은 사원이 사라진 것에는 아랑곳하지 않는 듯했다. 임시로 차려진 제단에라도 가려고 줄을 길게 늘어섰다. 마나카마나 사원이 서 있던 이 공간에 있는 것만으로도 신을 만난 듯 행복한 표정이었다.

나는 걸으며 사원 주변에 있는 사람들을 보았다. 두 손으로

사원에 들어가려고 기다리는 맨발의 사람들

향을 들고 있는 사람, 불을 피우며 두 손을 모은 사람, 가만히 눈을 감고 있는 사람……. 그 사람들 틈에도 어김없이 염소들이 보였다. 매애애, 울음소리가 자욱한 향 연기에 사라졌다 다시 들렸다.

골목 꼭대기까지 이어진 줄을 따라 걷다가 눈길이 저절로 사람들의 발에 멎었다. 기도를 하러 온 사람들 대부분이 맨발이었다. 세속의 더러움이 묻은 신발을 신고 신성한 사원에 들어갈 수 없단다. 꼬질꼬질 때가 묻은 맨발들! 이상하게도 그 맨발이 참 경건해 보였다.

여기 이렇게 서 있는 사람들은 무슨 소원을 빌까?

우리 가족 건강하게 해 주세요.

좋은 배우자 만나게 해 주세요.

부자 되게 해 주세요.

우리 아이가 공부 잘하게 해 주세요.

그들의 소원은 우리와 다를 바 없을 것이다. 그들의 간절한 기도가 마나카마나 신에게 가 닿기라도 하듯 제단의 불은 활활 타올랐다.

한쪽 구석에는 사람들이 둥그렇게 모여 있었다. 처음엔 무엇을 하는 곳인지 몰랐다. 그런데 향 냄새 속에 비릿한 냄새가 풍겨왔다. 염소를 잡는 곳이라고 하여 나는 얼른 자리를 떴다.

계단을 내려오는데 염소들이 묶여 있었다. 그들도 차례를 기다리고 있는 것이리라. 자기 앞에 어떤 일이 벌어질지 모른 채. 뒷다리에 불끈 힘이 들어간 녀석도 있고, 꾸벅꾸벅 졸고 있는 녀석도 보였다. 우물우물 연한 잎을 먹는 염소도 있었는데, 마지막 가는 길에 배라도 채워 주고 싶은 주인의 배려일 것이다.

문득 그 염소들을 보며 생각했다. 언제까지 저들은 제물로 바쳐질까? 전통이라지만 죽어가는 염소들이 너무 많았다. 꼭 살아 있는 것을 바쳐야만 마나카마나 신이 좋아할까? 저 염소들도 마나카마나 신에게 기도를 했으면 좋겠다. 제발 살려달라고. 사람뿐만 아니라 염소의 기도도 마나카마나 신은 들어주겠지. 기도라는 것은 누구의 기도나 똑같을 테니까 말이다.

사원에 오기 전에 치트레에 머물렀을 때, 그 집 주인 할아버지 방 아래엔 염소 우리가 있었다. 밤에 잠이 안 와 뒤척일 때 매애애, 염소 울음소리를 들었다. 작별인사를 하고 떠나려는데 할아버지가 따뜻한 우유를 내오셨다. 염소젖이었다.

"미또차. 데레데레 미또차!"

엄지를 척 들어 보이며 웃어 주었더니 한 잔을 더 내오셨다. 달달하고 고소했다. 뜨끈한 게 들어가니 속도 든든하고 추위가

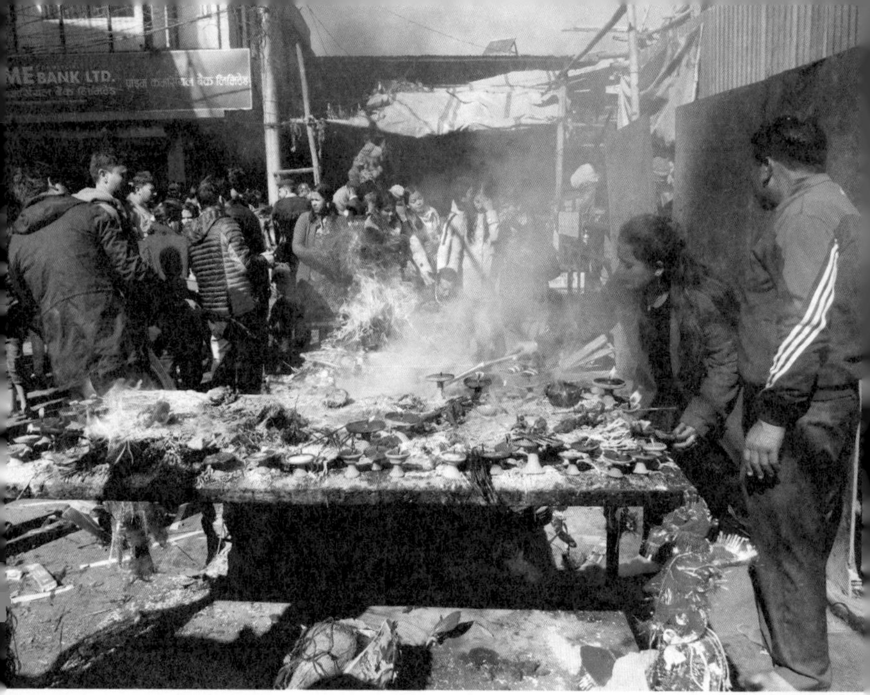
BANK LTD.

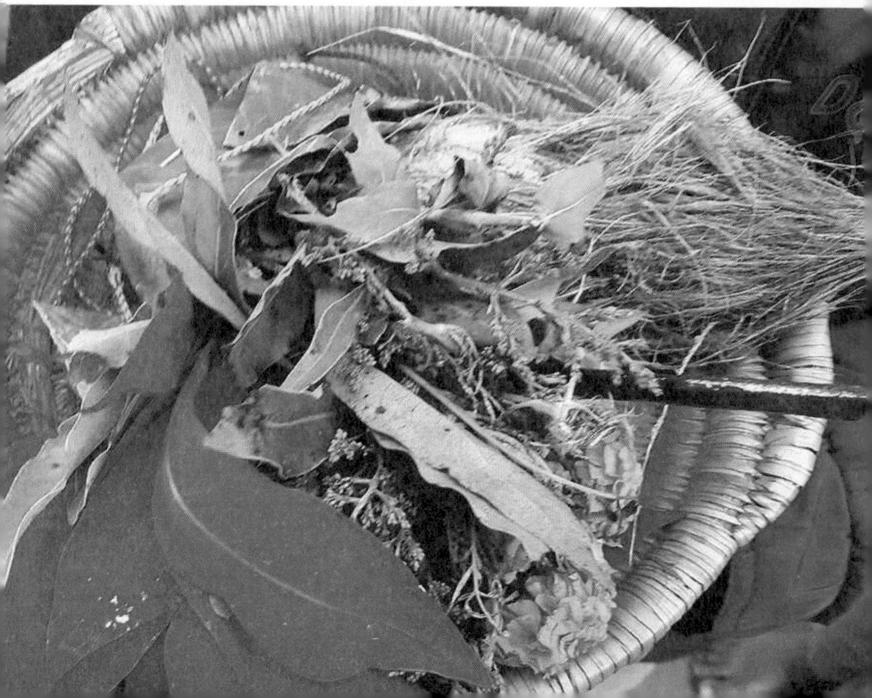

가셨다.

네팔 사람들에게 염소는 그냥 염소가 아니었다. 예전 우리나라의 소와 같았다. 농촌에서 소를 팔아 자식 공부 시키듯 네팔 염소는 아이들을 학교에 보내는 학비가 되기도 하고, 식량이 되기도 했다. 또 네팔 염소의 털은 추위를 막아 주는 옷이 되기도 했다. 네팔 사람들에게는 가족이나 다름없는 염소. 가진 것 중 값지고 귀한 염소를 마나카마나 신에게 바치는 네팔 사람들의 그 마음을 나는 알고도 남는다. 그런데도 사원에 매여 있던 염소들이 자꾸만 눈에 밟힌다. 케이블카를 타러 가는 길에 사원으로 올라가는 염소를 만났다. 매애애, 염소가 울었다. 그냥 들었을 때는 몰랐다. 그 사원을 들르고 나서 듣는 염소들의 울음소리는 왜 이렇게 애잔한 걸까?

저 녀석도 신을 위한 제물이 되겠지. 신 앞에 염소를 바치며 기도하는 네팔 사람들처럼 나는 그 염소들을 위해 기도했다.

'커시 바크라마티 끄리빠!'(염소에게 자비를)

치트완

Chitwan

स्तेनमस्तेनमस्तेनमस्तेनमस्तेनमर

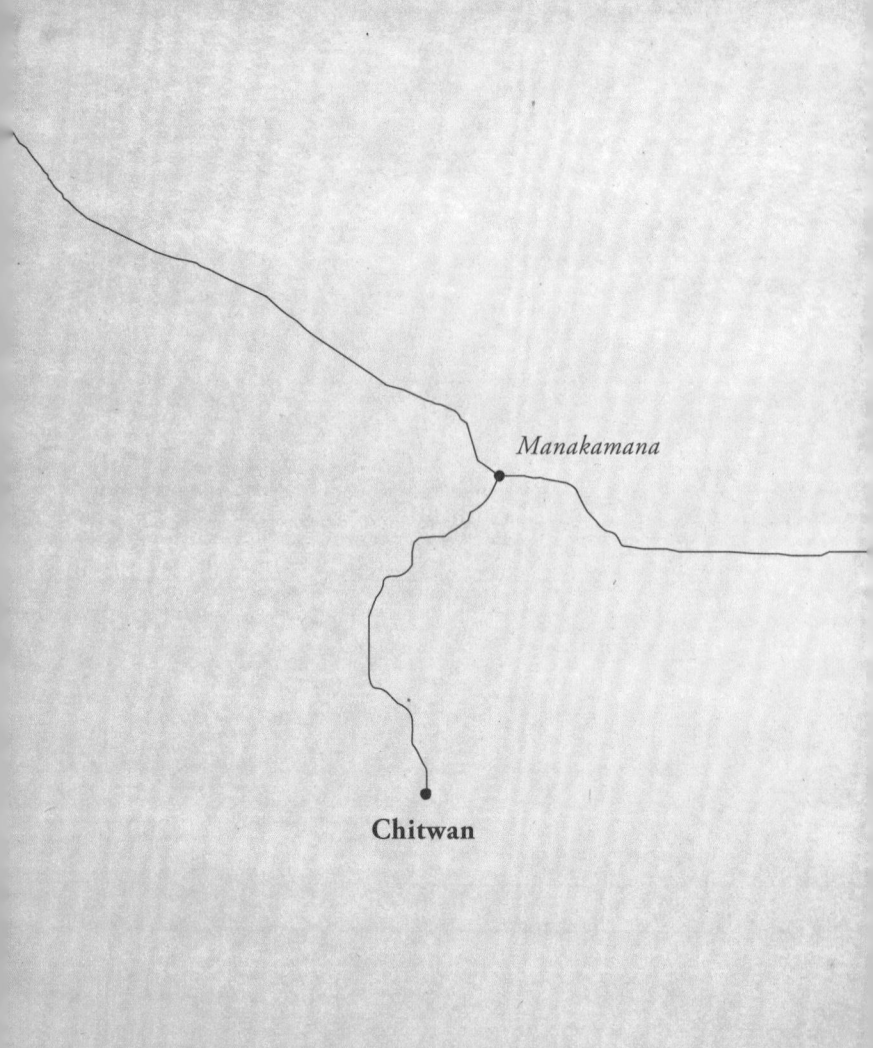

Manakamana

Chitwan

잠시 다녀갑니다

코끼리가 엉덩이를 들이미는 걸 보자 또다시 후회가 밀려왔다. 저 코끼리를 타야 한다니. 가까이에서 본 코끼리는 생각보다 컸다. 하지만 두려움보다는 상업적인 목적으로 길들인 코끼리를 탄다는 게 못내 찜찜했다.

돌이켜봐도 선택지는 뻔했다.

걸어서 가기, 지프차 타고 가기, 코끼리 등에 타고 가기!

걸어서 갈 용기는 없었다. 야생의 벵골호랑이와 외뿔코뿔소가 주인인 정글 속을.

지프차는 정글이 아니라 탁 트인 광활한 사막에서 유용한 것이 아니던가. 그러니 선택의 여지가 없을 수밖에.

네팔과 정글이라, 아무리 봐도 어울리지 않는 조합이다. 네팔

하면 히말라야 설산이다. 오죽하면 세계에서 유일하게 삼각형 모양의 국기를 쓰는 나라가 네팔이다. 하지만 해발 2,930미터인 치트레의 고지대에서 해발 100미터의 저지대인 남부로 오면 상황은 달라진다.

치트완 국립공원은 넓은 평야와 정글로 이루어져 있다. 규모도 서울시 면적의 1.5배라고 하니 울타리가 쳐져 있는 '공원'을 상상하면 안 된다. 개별 관광도 일절 금지하고 있어서 패키지 투어를 신청해야만 들어올 수 있다.

사다리를 타고 초소처럼 생긴 탑승대 위로 올라갔다. 에너지 총량의 법칙 따위는 깡그리 무시하고 숨을 깊이 들이쉬며 조심스레 코끼리 등을 밟았다. 코끼리 한 마리에 네 명이 타야 한다고 했다. 네 명의 균형이 맞아야 코끼리가 편안하다는 이야기를 듣고 앞뒤로 몸을 움직여 조련사가 시키는 대로 했다. 코끼리를 위해 우리가 할 수 있는 일이 그것밖에 없었다.

드디어 코끼리가 발을 떼었다. 조련사에게 물었더니 우리가 탄 코끼리 이름은 '짤리'라고 했다. 실룩대며 걷는 짤리를 따라 몸이 앞으로 쏠렸다가 돌아오기를 반복했다. 짤리는 박자를 타면서 걸었는데 나는 몸에 힘을 바짝 주었다. 철퍼덕하고 주저앉아 내 몸 전체를 짤리에게 맡길 수가 없었다.

코끼리 체험장과 체험장 입구에서 장사하는 할아버지

얼마 지나지 않아 랍티 강이 나타났다. 강을 건너야 정글 안으로 들어갈 수 있는데 우기에는 범람을 할 만큼 수량이 풍부하다고 한다. 짤리가 강에 발을 들여놓자 몸이 앞으로 확 쏠렸다. 강바닥이 지면보다 낮을 테니 당연한 이치다. 이러다가 균형을 잃고 강물에 빠지면 어쩌나 걱정이 되었다. 하지만 짤리는 유려한 걸음걸이로 나의 걱정을 잠재웠다.

그제야 고개를 들었다. 이른 아침의 물안개가 아스라이 강을 덮고 있었다. 출발 전 정글에서는 조용히 해야 한다는 주의를 들었던 터라 모두 아무 말이 없었다. 짤리와 다른 코끼리들이 철벅거리며 물을 스치는 소리만 들렸다. 유유히 흐르는 강물과 울창한 숲, 그 속에 사람들을 태운 짤리와 친구들이 있었다. 오래전에 나온 영화 포스터의 한 장면이 생각났다.

원래 이 지역은 왕실의 겨울철 사냥터였다고 한다. 그런데 밀렵이 성행하면서 동식물보호의 필요성이 제기되어 1973년 네팔 최초의 국립공원이 되었다고 한다. 덕분에 43종의 포유류와 500종이 넘는 조류의 안식처가 되고 있다고 했다. 1984년에는 유네스코세계자연유산으로 지정되어 동물보호에 더욱 힘을 쏟고 있단다.

정글 안으로 들어가자 함께 움직이던 코끼리들이 하나둘 흩어졌다. 짤리도 한적한 곳으로 방향을 잡았다. 이때부터 다시 강

을 건널 때까지 다른 투어 팀은 보지 못했다. 대신 공작새, 사슴, 원숭이를 보았다. 조련사는 주변에 뭔가 나타날 때마다 손으로 가리켰지만 우리 일행은 하나같이 가벼운 감탄사만 뱉었다. 우리의 관심은 온통 짤리에게 있었다. 아마 미안해서 더 그랬을 것이다. 나중에 알았는데 투어 프로그램 중에는 코끼리 목욕시키고 먹이 주는 것도 있다고 했다.

짤리는 60세다. 코끼리 평균 수명에 가까운 나이였다. 언젠가 읽었던 기사가 생각났다. 대다수의 동물은 자연 상태보다 동물원에 있는 경우가 수명이 더 길다고 한다. 하지만 코끼리는 예외여서 동물원 코끼리는 수명이 20세가 안 된다고 한다. 스트레스와 비만이 원인이라고 하는데, 동물원의 우리가 아무리 커도 코끼리가 살기에는 좁을 수밖에 없을 것이다.

짤리는 오늘을 마지막으로 이제 사파리 투어는 하지 않는다고 했다. 말하자면 은퇴를 하는 것이다. 은퇴한 다른 코끼리들이 그렇듯 코끼리 사육센터에서 아기 코끼리들을 돌보며 지내게 된다고 했다. 그동안 고생한 짤리의 남은 삶이 편안했으면 좋겠다는 생각이 들면서도 한편으로는 새로운 환경이 짤리에게 스트레스가 되지 않을까 걱정도 되었다.

한 시간에 걸친 사파리 투어가 끝나고 출발점으로 돌아왔다. 주변에 바나나 파는 상인들이 있었다. 미안한 마음을 담아 바나 나를 사서 짤리에게 선물로 주었다. 조련사에게도 감사 인사를 했다. 익숙하지 않은 발음 때문에 조련사 이름은 끝까지 제대로 발음할 수가 없었다.

이곳 조련사 대부분은 랍티 강 근처에 살고 있는 타루족이라고 했다. 밤에 타루족 민속 공연이 있다고 들었는데 그래서인지 괜히 정겨웠다. 대부분 어려서부터 조련사인 아버지를 따라다니며 코끼리를 돌보는 일을 하다가 조련사가 된다고 했다. 여섯이나 되는 가족의 생계가 그에게 달린 듯했다. 함부로 동물보호를 운운할 수 없는 대목이라 안타깝기도 했다. 다행히 네팔 코끼리들의 서식 환경은 비교적 좋은 편으로 세계적인 자연보호 성공 사례에 꼽힌다고 했다. 코끼리를 신으로 받드는 힌두교의 전통과 야생동물 서식지를 보존하려는 정부의 정책이 맞아떨어진 결과라고 한다.

오후에는 랍티 강 카누 체험이 있었다. 말이 체험이지 통나무를 파서 만든 전통 카누인 '둥가'를 그저 타는 것이다. 여기저기서 햇볕을 쬐는 악어의 모습이 보였다. 처음 한두 마리를 보았을 때는 감탄사가 절로 나왔는데 어느덧 나는 침묵에 잠겼다. 랍티 강이 '침묵의 강'이라는 뜻이라더니 저절로 그렇게 되었다. 온통 물소리와 새소리만 가득했다. 더는 구경꾼이 아니라 주변과 하나가 된 듯했다. 나는 랍티 강을 따라 흘러가고 있었다.

전통 카누인 '둥가'

　제일 기대했던 선셋 뷰 포인트 역시 랍티 강가였다. 때마침 바람도 부드럽게 불어왔다. 파라솔과 안락의자 몇 개가 전부였지만 딱 적당했다. 나는 안락의자에 눕듯이 기댔다. 아무것도 하지 않아서 좋을 때가 있다. 나에게는 해질녘이 그렇다. 고개를 들고 해를 보기보다 눈높이까지 내려온 해를 맞이하는 순간은 저절로 넋을 놓게 된다. 한낮의 강렬함을 내려놓은 모습이 더 그렇게 만든다.

하늘은 점점 붉은 어두움으로 물들고 있었다. 해가 스러져갈수록 노을은 더 넓고 깊어졌다. 일행들은 각자의 방식으로 이 시간을 즐기고 있었다. 카메라를 들고 연신 셔터를 누르기도 하고 강으로 내려가 걷기도 하고 간이 슈퍼를 어슬렁거리기도 했다.

어느덧 랍티 강 너머 정글로 해가 내려앉고 있었다. 종일 치트완의 모든 것 속에 흘러들었던 시간이 그렇게 가고 있었다. 잊고 있던 짤리 생각이 났다. 우리 모두가 조화롭게 살아갈 수는 없는

것일까. 누가 짤리의 주인일 수 있을까. 세상의 어떤 생명체에게
도 주인은 자기 자신일 수밖에 없는 것임을, 많은 짤리들을 안쓰
러워할 일이 없기를.

태양이 잠시 네팔의 하늘에 다니러 왔다가 자기 행선지를 따
라 사라지듯이 우리 역시 지구라는 행성에 잠시 다니러 온 사람
들이다. 타루족이 나보다 이곳에 좀 더 오래 머무를 뿐, 그들도
결국은 다니러 온 사람에 불과하지 않을까. 우리가 그릴 그림 속
에 하늘이 있고 땅이 있고 나무가 있고 물이 있고 동물이 있고
사람이 있고……. 그렇게 있는 것이 아니겠는가. 끝까지 놓치지
말아야 할 것, 자연과 인간의 조화로운 삶!

신두발촉

Sindhupalchok

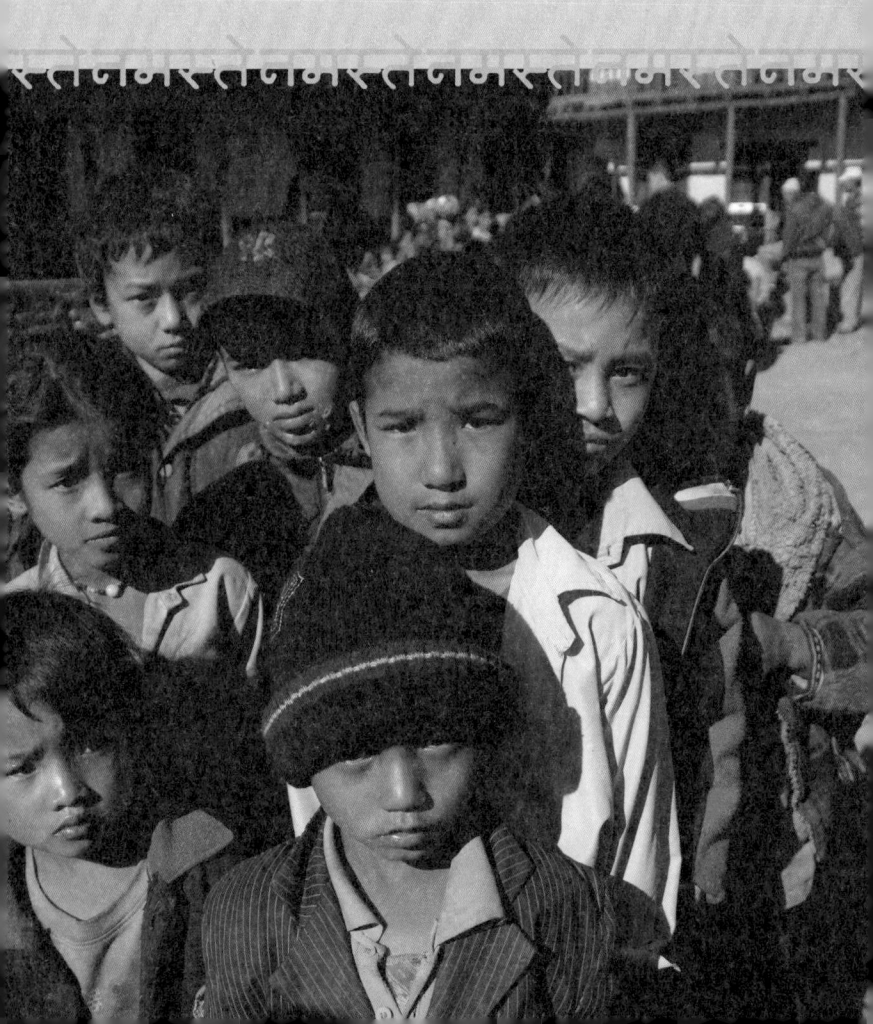

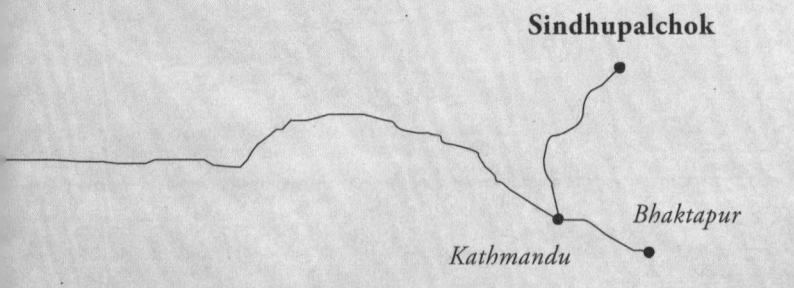

Sindhupalchok

Bhaktapur

Kathmandu

별처럼 빛나는 곳

신두발촉

오미경

해발 1,200미터가 넘는 두메산골 신두발촉. 그곳은 치트레보다 더 오지라고 했다. 오지! 발걸음 닿기 어려운 곳, 문명이 뒤떨어진 곳, 사람 살기 어려운 곳…… 오지라는 단어와 함께 설핏 떠오르는 것들이다. 신두발촉은 과연 어떤 모습으로 우리를 기다리고 있을까?

신두발촉으로 가는 길! 산비탈을 따라 굽이굽이 물결치는 유채밭, 한가로이 풀을 뜯는 염소들, 나뭇짐 잔뜩 담긴 바작을 이마에 끈 걸어 지고 가는 사람들……. 그림처럼 펼쳐지던 창밖 풍경이 어느 순간 그대로 멈추었다. 무슨 일인지 밖을 내다보니 버스가 산모퉁이를 돌지 못해 전진과 후진을 번갈아 하고 있었다. 시간이 꽤 흘렀는데도 버스는 좀처럼 모퉁이를 벗어나지 못했다.

신두발촉 가는 길

어떤 상황인지 자세히 살피려고 내려 보니 맙소사, 차라리 보지 말았어야 했다. 길 아래는 깎아지른 절벽인데 작은 돌덩이 하나 달랑 괴어 놓고 전진과 후진을 반복하고 있는 게 아닌가! 만약 저 돌덩이가 버스 무게를 이기지 못하고 길 밖으로 굴러 떨어진 다면……? 상상만으로도 아찔해서 머리가 쭈뼛 섰다. 우린 모두 버스에서 내렸다. 고장 난 롤러코스터를 타는 것만큼이나 위험천만인 버스에 더 이상 몸을 맡길 순 없었다.

산길은 가도 가도 끝이 없었다. 우리의 안내자 람이 너무 멀어 못 걸어간다며 펄쩍 뛸 만했다. 무거운 가방을 등에 메고 질질 끌며 산길을 걸은 지 몇 시간, 산에 어둠이 깔리기 시작하더니 이내 코앞도 분간이 안 될 정도로 깜깜해졌다. 손전등이랑 핸드폰으로 길을 밝히면서 더듬더듬 산길을 오르는데 아이들이 다리 아프고 무섭다며 하나둘 울기 시작했다. 걱정했던 것과는 달리 불편한 것도 잘 참고 씩씩하게 지내온 아이들이었다. 참으로 아득했다. 이렇게 깊은 산골짜기에 사람들이 정말 살긴 할까? 오늘 안으로 마을에 도착할 순 있을까? 우는 아이들을 겨우 달래면서 한참 가다 보니 멀리 불빛이 보였다. 드디어 다 왔나 보다, 했는데 그게 아니었다. 마을 사람들이 남포등을 들고 밤늦도록 오지 않는 우리를 마중 나온 것이었다.

마을에 도착했을 때는 모두 녹초가 되었다. 우리가 묵기로 한

집의 마당엔 사방에서 모인 사람들로 빼곡했다. 모두 손님맞이를 위해 한껏 꾸민 티가 나는 옷차림이었다. 촉수 낮은 전등이랑 달빛이 마당을 밝히고 있었고, 사람들 머리 위에선 손님을 환영하는 천 조각들이 나부꼈다. 우리가 마당으로 들어서자 얼굴에 주름이 자글자글한 할머니들이 우리 얼굴을 빤히 바라보면서 일제히 이상한 소리를 냈다. 츠츠츠츠츠, 소리가 유난히 크고 기괴했다. 아이들 몇이 울음을 터뜨렸다. 거무튀튀한 얼굴에 귀와 코에 금 고리를 건 사람들 모습도 낯선 데다, 정체 모를 이상한 소리에 놀란 것 같았다. 먼 길 오느라 고생했다는 뜻이라며 람이 우는 아이들을 달랬다. 마을 주민들은 환히 웃으며 방문객 한 사람 한 사람에게 꽃목걸이를 걸어 주고 이마에 띠까tika(이마에 그려 넣는 표식으로 축복이 함께함을 의미한다)를 찍어 주었다. 그러나 우린 마주 웃어 줄 기력도 여유도 없었다.

우리가 잘 곳은 부엌인 동시에 침실이었다. 가방을 바닥에 던지듯이 놓고 안을 둘러보니 전체가 맨흙바닥이었다. 바닥이 조금 더 높은 네모난 공간이 바로 침상이었는데, 그곳엔 허름하기 짝이 없는 카펫들이 깔려 있었다. 방이 따로 있었던 치트레는 이곳에 비하면 고급 호텔이나 마찬가지였다. 람은 열악한 환경이 자기 탓인 양 미안해하면서, 이마저도 이곳저곳에서 가장 좋은 것들만 골라 모은 거라고 귀띔해 주었다.

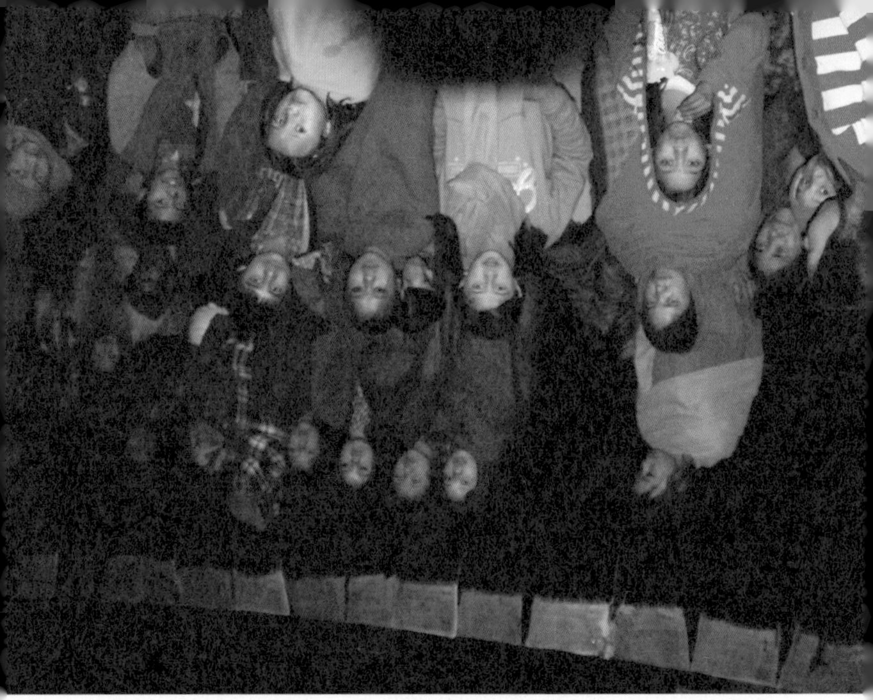

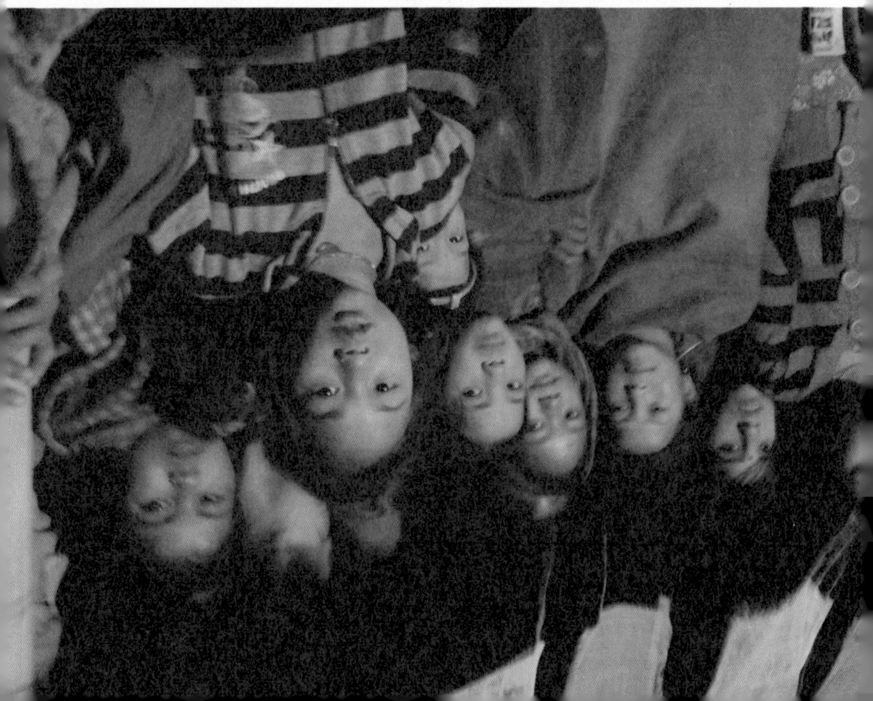

얼마 뒤, 마을 주민들이 저녁을 내왔다. 숨만 크게 쉬어도 날아갈 듯 윤기 없는 밥, 노란 색 수프(달), 당근이랑 오이를 절인 음식이 놋그릇에 담겨져 나왔다. 원시적인 주거환경과는 대조적으로 노랗게 반짝이는 놋그릇이 유난히 돋보였다. 따뜻한 수프가 들어가자 산간지대의 밤 추위에 얼었던 몸이 조금 녹았다. 그런데 처음엔 몰랐는데 배가 조금 차니까 눈이 매웠다. 안을 둘러보니 둥그렇게 움푹 파인 흙바닥에서 장작이 타고 있었다. 주인이 우릴 위해 불을 지펴 놓은 것이었다. 연기 때문에 눈이 맵기는 했지만 불의 온기에 따스한 배려까지 더해져 굳었던 몸이 차츰 풀렸다. 밥을 다 먹고 나니 마을 주민들이 집에서 직접 빚은 네팔의 전통주 락시raksi를 한 잔씩 따라 주었다. 락시가 몸에 남아

있던 한기를 싹 날려 주었다.

그러자 마치 기다렸다는 듯이 마을 사람들이 우르르 달려들더니 우리 손을 끌고 마당으로 갔다. 마당에선 흥겨운 네팔 노래가 흘러나왔고 벌써 춤판이 벌어지고 있었다. 그들은 얼굴 표정과 몸짓으로 함께 추자고 했지만, 피곤한데다 장작개비처럼 뻣뻣한 몸은 쉬 움직여지지 않았다. 그런데 얼마 지나지 않아 하나둘 슬슬 리듬을 타기 시작했다. 흥겨운 네팔 노래, 난생 처음 본 이방인을 가족처럼 반기는 환한 미소, 그들의 현란한 춤사위가 우리를 무장해제 시켜 버린 것이다. 우린 마을 사람들과 한데 어우러져 춤을 췄다.

낯선 모습으로 아이들을 울렸던 할머니들의 춤 실력은 놀라웠다. 초록, 빨강, 주황…… 발목까지 내려오는 원색 드레스를 걸친 그들은 지칠 줄도 몰랐다. 그중에 유난히 얼굴이 검고 주름이 깊은 할머니의 춤은 단연 최고였다. 도드라진 얼굴빛만큼이나 춤 솜씨 또한 남다른 그 할머니는 현란한 엉덩이 춤사위로 우리를 도발했다. 우리도 질세라 할머니와 춤 배틀을 벌였다. 어느새 설거지와 잠자리 정리를 마친 아리따운 아가씨들도 합류했다. 함박꽃처럼 환히 웃으며 리듬을 타는 모습이 어찌나 예쁘던지……. 우린 그렇게 국경도 없이 남녀노소 하나가 되어 밤새 춤을 췄다. 아주 오래전부터 몸을 부딪치고 함께 밥을 먹으며 지내온 사람들처럼. 머리 위로 별들이 쏟아질 듯 총총한 밤, 산간 오지 마을 신두발촉에서.

다음 날, 새벽에 화장실에 가려고 일어났을 때 멀리 보이는 설산은 그야말로 신들의 집 같았다. 사방을 둘러봐도 보이는 거라곤 산뿐이었다. 그리고 드문드문, 새 둥지 같은 흙담집 몇 채가 보였다. 그릇이며 카펫이며 가장 나은 것들을 골라 손에 들고서 산길을 헤치고 오는 사람들의 모습이 보이는 것 같았다. 손님들을 위한 잔치를 밤이 이슥하도록 벌이고는 칠흑같이 어둔 밤길을 더듬거리며 돌아가는 모습도. 맨 흙바닥에 깔린 허름한 깔개와 다소 불편했던 잠자리, 그건 그들의 부족한 마음자리 탓이 아니었다. 흙벽을 겨우 두른 집이었지만, 그들은 그들이 할 수 있는 한 최상의 것을 우리에게 준 것이었다.

우리는 아침을 먹고 마을에 있는 학교에 갔다. 학교 건물은 누추했고, 아이들 옷차림은 형편없었으며, 얼굴이며 손발도 꾀죄죄했다. 어린 아이를 등에 업고 학교에 온 아이도 꽤 있었다. 사진 속에서나 본 전쟁 직후 우리나라의 모습 같았다. 그래도 하나같이 눈망울이랑 웃음만은 맑고 깨끗했다. 우리 일행 중 누군가 운동장(마당이라고 하는 게 더 어울릴 정도로 작은)에 사방치기 놀이판을 그린 뒤, 놀이 시범을 보였다. 먼발치서 서로 바라보며 해죽해죽

사방치기를 하는 아이들

웃기만 하던 아이들이 금세 놀이에 뛰어들었고, 아이들은 어느
새 하나가 되어 놀았다. 놀이엔 언어도 국경도 따로 없었다. 한바
탕 어우러져 논 뒤, 우리는 준비해 간 학용품이랑 공 등을 학교
에 전달했다. 마을 사람들에게도 헌 옷가지랑 물품을 조금 나눠
주었다. 그들은 활짝 웃는 얼굴로 고마움을 표현했지만, 그들의
정성어린 손님 대접에 비하면 알량하기 짝이 없는 것이었다.

순박하고 다정한 사람들의 배웅을 받으며 그곳을 떠나온 지 4년이 지난 어느 날, 신두발촉이 대지진으로 폐허가 되었다는 뉴스가 전해졌다. 박꽃 같은 미소로 우리를 반겨준 사람들, 밤새 함께 춤췄던 사람들, 우리 모습이 보이지 않을 때까지 손을 흔들어 주던 사람들! 그들은 무사할까? 우리와 함께 사방치기를 했던 아이들은? 함께 춤추던 마당과 사방치기를 하던 운동장은? 우리가 걸어 내려왔던 그 아름다운 길은?

아름다운 신두발촉 사람들! 그들은 우리에게 손님을 맞이하는 법을 몸소 가르쳐 주었다. 그들이 가진 가장 소중한 걸 내주었는데도 불편한 잠자리와 편히 씻지 못하는 걸 불평했던 우리는 그들에게 영영 갚지 못할 마음의 빚을 지고 말았다. 문명의 편리함에 길들여진 탓이다. 문명 덕분에 우리는 편리함을 얻었지만, 대신 소중한 것들을 많이 잃기도 했다. 지진도 앗아가지 못한 신두발촉 사람들의 따스한 정과 정성어린 마음 같은 것들을.

잊지 못할 신두발촉! 그곳은 오지가 아니라, 따스한 정과 맑은 눈망울이 별처럼 빛나는 곳이었다. 오지는 문명의 이름하에 소중한 것들을 잃어버린, 우리가 사는 바로 이곳인지도 모른다.

박타푸르

Bhaktapur

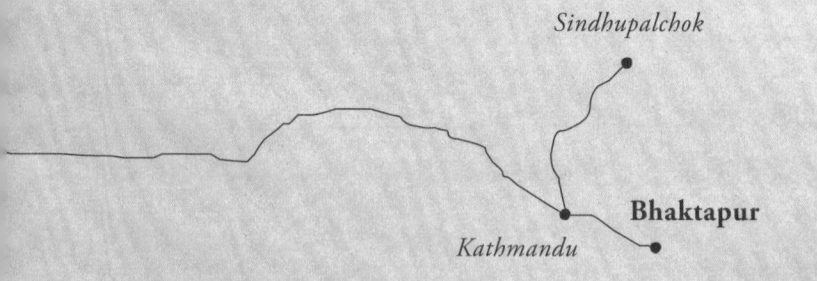

Sindhupalchok

Kathmandu

Bhaktapur

박타푸르에서 만난 여신 쿠마리 소녀

문영숙

　카트만두에서 버스로 한 시간 남짓 달려 도착한 곳. 주차장에 내리자마자 어린 소녀들이 액세서리를 팔에 주렁주렁 걸고 앙증맞은 바구니를 든 채 관광객들에게 다가온다. 우리나라 초등학생 나이로 보이는 어린 소녀들이다. 학교에 가서 한창 공부할 시간에 거리에서 장사를 하는 아이들이 안쓰럽다. 액세서리를 팔고 있는 것이다. 물건에 관심을 보이는 관광객을 끝까지 따라가며 3달러, 5달러, 10달러를 외친다. 소녀들이 파는 팔찌, 목걸이들은 조악하기 그지없다.

　가이드는 품질이 좋지 않다며 빨리 이동하라고 재촉한다. 흙길을 얼마쯤 걸어가자 드디어 박타푸르의 독특한 경관들이 눈에 들어온다. 대부분 붉은빛을 띠는 오래된 건축물들이 주술적 분위기를 물씬 풍긴다.

이곳은 네팔 역사상 가장 찬란한 문화를 꽃피우며 번성했던 말라 왕국의 3대 고도(카트만두, 파탄, 박타푸르) 중에서도 예스러운 정취가 가장 많이 남아 있는 사원으로 유네스코에서 문화유산으로 지정한 박타푸르Bhaktapur 사원이다. 네모난 광장에 질서정연하게 늘어선 붉은 벽돌 건물, 붉은색의 탑들, 그 사이사이 육중한 코끼리 조각상들이 네 발로 떡 버티고 서서 위용을 자랑하고 있다. 우리의 궁궐 입구에 있는 해태상과 비슷한 모습의 조각상들도 많이 보인다.

붉은색 지붕 아래는 빨간 주름 장식을 달아 묘한 신비감을 자아낸다. 사원 곳곳마다 아기자기한 조각상들이 많았는데, 가까이 가서 보니 카트만두 사원에서 많이 보았던 링감(남성 성기)과 요니(여성의 질) 조각상들도 유난히 많다.

넓은 광장의 중앙에 거대한 동물 조각상들이 신전을 떠받치듯 서 있고 그 사이사이 네모난 작은 공간마다 나신으로 된 수많은 남녀가 사랑을 나누는 장면들이 적나라하게 표현되어 있다. 그 위에 천 개의 팔을 편 천수관음보살을 연상하게 하는 시바신이 광장을 굽어보고 있다.

신비한 모습의 조각들을 사진기에 담으려고 막 셔터를 누르려는 순간 갑자기 사람들이 몰려들었다. 무슨 일인가 싶어 안내

인에게 물으니 중앙제단 꼭대기에 있는 작은 창문을 가리킨다. 모든 사람들의 시선이 그 문을 응시하고 있다.

이곳 박타푸르 사원에서는 하루에 세 번 쿠마리가 저 작은 창문으로 얼굴을 보여 준다고 한다. 우리 일행은 행운을 만난 듯 모두 고개를 쳐들고 작은 문을 바라보았다. 바로 그때 머리에 화려한 붉은 꽃을 장식한 소녀가 나타났다. 마치 키메라 분장을 한 것 같은 소녀의 이마에는 빨간 문양이 있고 그 한가운데 뚜렷한 눈 모양이 그려져 있어서 눈이 세 개처럼 보였다. 이마에 그려진 눈이 바로 '띠까'라는 제3의 눈으로 지혜의 눈이라고도 한다. 세 개의 눈으로 우리를 내려다보는 저 소녀가 네팔에서 살아 있는 여신으로 불리는 쿠마리 소녀다. 사람들이 쿠마리를 향해 두 손을 모으고 경배를 올리는 모습이 사뭇 진지하다,

쿠마리와 눈을 마주치면 복을 받는다는데 너무 먼 거리라 표정이나 눈길을 확인할 수가 없다. 10여 분쯤 지났을까. 쿠마리가 어른의 품에 안겨 문 안쪽으로 사라진다. 그제야 사람들이 아쉬운 듯 발길을 돌린다. 저 소녀는 몇 살 때 쿠마리가 되었을까. 보통 2-5세 때 쿠마리로 선택되면 초경을 할 때까지 스스로 걷지도 않고, 밖에도 나오지 못한 채, 사람들과 말도 나누지 않고 여신으로 지낸다고 한다. 그런 쿠마리를 내가 직접 마주했다는 사실에 흥분이 되어 쿠마리에 대해서 많은 것들이 궁금해졌다.

쿠마리로 선발되는 신분이 따로 정해져 있다. 아버지가 불교 석가모니의 후예인 샤카족Shakya 또는 바즈라샤카족Bajracharya이어야 하며, 어머니는 힌두교인이어야 한다. 즉, 불교도인 아버지와 힌두교도인 어머니 사이에서 태어난 쿠마리는 두 종교의 중재와 화합을 상징하며, 선발조건도 보통 까다로운 게 아니다.

살아 있는 여신 쿠마리

흉터 없는 몸, 까만 눈동자와 까만 머리카락, 가지런한 치아, 둥근 어깨, 넓은 이마, 긴 속눈썹 등등 무려 32가지의 조건에 맞아야 한다. 이런 물리적 조건을 통과하고 전대의 쿠마리가 사용했던 물건을 찾는 시험을 통과해야 한다. 쿠마리는 전대 쿠마리가 사용한 물건을 당연히 고를 수 있다는 믿음 때문인데 쿠마리가 여신과 영적인 교감을 할 수 있는지 가능 여부를 확인하는 과정이다. 하지만 시험은 상징적인 것으로, 대부분 전대 쿠마리가 사용하던 물건들을 사용하기 때문에 쉽게 통과한다.

티베트에서 새로운 달라이라마를 선출할 때도, 전대 달라이라마가 사용한 물건을 찾는 시험이 있는데, 이와 유사한 의식이라 볼 수 있다. 전대 쿠마리의 물건을 정확하게 찾으면, 마지막으로 정신력 시험을 통과해야 한다.

빛이 하나도 들어오지 않는 깜깜한 방에 갓 잡은 소, 돼지, 양, 닭 등의 머리를 놓아두는데 피 냄새가 진동하는 방에 갇혀 꼬박 하루를 지낼 수 있어야 한다. 무서워서 울거나 소리를 지르면 쿠마리로 인정을 받지 못하는데 어른도 무서워서 견디기 힘들 것 같다.

여신은 두려움과 슬픔, 기쁨 등 속세의 감정을 겉으로 잘 표현하지 않는다고 믿기 때문에 쿠마리가 되기 위해서는 절대로 약한 모습을 보이지 않아야 한다. 과연 어린 소녀에게 정말 영성이 있을까 궁금하다.

쿠마리의 기원을 보면, 탈레주라는 여신이 17세기 말라 왕조의 자야 프라카시 말라 왕의 침소에 붉은 뱀의 모습으로 나타나 왕과 매일같이 트리파사Tripasa라는 주사위 게임을 하였다고 한다. 탈레주 여신은 자신이 매일 밤 나타나 왕과 주사위 게임을 한다는 사실을 아무에게도 알리지 말라고 하였지만, 어느 날 왕비에게 발각이 되고 만다.

화가 난 탈레주 여신은 왕에게 "만일 왕이 다시 나를 보기를 원하거나 이 나라가 나의 보호를 받기를 원하면, 네와리Newari족의 샤캬 가문Shakya Family 사람들 속에 있는 나를 찾으라"고 말하고는 자취를 감추었다고 한다.

왕은 탈레주 여신이 어린 여자아이로 환생해 나타날 것이라 믿고 탈레주 여신이 깃든 어린 여자아이를 찾아 숭배하기 시작했고, 이것이 바로 쿠마리의 기원이 되었다고 한다.

그러나 쿠마리는 초경을 하면 여신의 자격이 박탈된다. 즉 피를 흘리면 신성성이 사라진다고 믿기 때문이다. 어린 나이에 여신이 되어 왕을 비롯한 모든 사람의 경배의 대상이 되다가 초경을 시작하면 신의 신분에서 벗어나야 하는 쿠마리. 그 순간부터 쿠마리의 삶은 완전히 뒤바뀌고 만다. 쿠마리로 지내는 동안 땅을 밟지 않았기 때문에 관절이 퇴화되어 제대로 걸을 수도 없는데다, 친구는커녕 가족들과 말도 나누지 않고 고립되어 지낸 터라 가족들도 외면한다고 한다. 쿠마리가 된 딸을 매일 치장하고 보살피며 경배하던 부모도 딸이 초경을 하는 순간 쿠마리 직을 박탈당하면 가족에게 불행을 가져온다고 믿어 집으로 받아들이지 않기 때문에, 살아 있는 여신 쿠마리 소녀는 거리를 떠돌며 불행하게 산다고 하니 여신으로 살 때는 천국이요, 여자로 거듭나는 초경이 지옥으로 추락시키는 비극의 전환점이 되는 것이다. 게다가 남자들도 쿠마리였던 여자와 결혼을 하면 불행해진다고 믿기 때문에 결혼도 할 수 없다. 쿠마리는 그야말로 여신으로 추

앙받을 때의 삶과, 초경 이후의 삶이 극명하게 갈리는 불행한 삶을 살게 되는 것이다.

초경뿐만 아니라 상처를 입어 피가 나거나, 심지어 코피가 나도 쿠마리에서 탈락된다고 하니, 고대 모든 제의식에서 번제를 드릴 때 신성의 상징이 되는 피와는 전혀 다른 의미로 쿠마리에게 피는 최악의 불행을 가져오는 매개체인 것이다.

다행히 요즘에는 쿠마리의 인권을 존중해야 한다는 세계인권운동가들의 권고에 따라 쿠마리들도 방문 교육을 받고, 친구를 사귀게 한다니 다행스러운 일이다.

박타푸르 사원을 뒤로 하고 주차장에 이르니 물건을 팔던 소녀들이 우르르 따라오며 파격적인 가격을 외쳐댄다. 들어갈 때 5달러였던 팔찌가 세 개에 1달러란다. 버스에 막 오르려는 순간 세 개가 다섯 개가 된다. 관광객을 놓치면 안 되니 한 개라도 더 팔려는 절박한 소녀들의 모습과 박타푸르 쿠마리 사원에 갇혀 있는 여신 쿠마리 소녀의 모습을 보며 현대와 고대를 건너뛰어 아득한 시간 여행을 한 것처럼 느껴졌다.

카트만두

Kathmandu

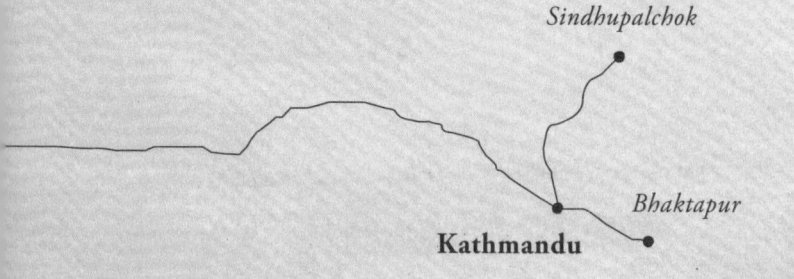

Sindhupalchok

Bhaktapur

Kathmandu

오미경

평화를 부르는 나마스테

한 여인이 배짱 좋게 왕에게 불탑을 세울 땅을 달라고 했다. 왕에게 다짜고짜 땅을 달란 것도 황당한데 여인이 요구한 땅의 양이 참으로 엉뚱했다. 버펄로(물소) 가죽 한 조각만큼만 달라고 한 것이다. 그깟 버펄로 가죽 한 조각쯤이야! 왕은 흔쾌히 수락했다. 그러자 이 맹랑한 여인은 버펄로 가죽을 길게 늘여서 한쪽 끝을 잡고 원을 그렸다. 버펄로 가죽 한 조각의 땅은 생각보다 넓었다. 왕은 쩨쩨하지 않았던 모양이다. 약속대로 허락한 것이다. 그러자 신하들이 벌떼처럼 들고 일어나 반대했다. 왕은 "한번 허락한 것은 철회할 수 없다"라며 그 땅을 전부 여인에게 주었다. 참 멋진 왕이다. 그 왕이 허락하지 않았다면 지금의 부다나트는 없었을 것이다. 부다나트Bodhnath 사원이 세워진 이야기 가운데 하나다. 부다나트는 카트만두 중심가에서 동쪽으로 조금 떨어져 있는데, 이곳은 과거 붓다가 고향을 찾아가다가 쉬면서 기도하던 곳이란 이야기도 전해진다.

부다나트는 '깨달음의 사원'이란 뜻을 지닌 티베트 불교 사원이다. 티베트 불교 신자들은 일생에 한 번 이곳을 순례하는 게 소원이라고 한다. 세계에서 가장 큰 스투파(부처님의 사리탑)를 자랑하는 부다나트는 세계문화유산으로도 지정되었다. 탑 꼭대기로부터 사방으로 만국기처럼 펄럭이는 파르초(불경이 적혀 있는 오색 깃발)며, 금빛 탑신에 그려진 '지혜의 눈'이 꽤 이색적인 사원이다. 부다나트의 상징과도 같은 지혜의 눈은 사람 속을 꿰뚫어 보듯이 예리해 보인다. 혼탁한 마음속을 들킬세라 부랴부랴 마음 깃을 여며 보지만 부질없는 짓이다. 손바닥으로 하늘을 가려 보려는 미욱함마저 이미 다 들키고 말았으니.

사원 안은 관광객들과 기도하는 사람들로 바글바글했다. 관광객도 많지만 기도하기 위해 일부러 찾아온 듯한 사람들도 많이 보였다. 피부색도 각각, 옷차림도 각각인 수많은 사람들이 두 손을 모으고 사원을 돌고 있었다. 사람들이 너나없이 사원을 도는 데는 이유가 있다. 옴마니반메훔을 외며 시계방향으로 사원을 한 바퀴 돌면 불경을 천 번 읽는 것과 같다고 한다. 불경을 천번 읽기가 어디 쉬우랴! 그런데 사원을 한 바퀴 도는 게 그 정도

의 값어치를 한다는 건 사람들이 그만큼 이 사원을 신성하게 여기는 뜻이리라.

사원을 도는 사람들 말고도 기도하는 사람들이 수없이 많고, 그 모습도 각양각색이었다. 사원의 문에 이마를 대고 있는 사람, 탑에 성물을 바치며 절하는 사람, 향로에 향을 피우며 머리를 숙이는 사람, 염주를 굴리며 경전을 읽는 사람, 오체투지로 사원을 도는 사람…… . 기도하는 방법은 달라도 하나같이 엄숙한 모습이다. 부다나트에서 기도하는 사람들의 모습 가운데 진풍경은 마니차(타원형 종 모양 불교 도구)를 돌리는 행렬이다. 원형의 사원을 따라 줄줄이 매달려 있는 마니차에는 불교 경전이 새겨져 있는데, 그것을 한 바퀴 돌리면 불교 경전 한 권을 읽는 것과 같다고 한다. 마니차를 돌리려는 사람들의 줄이 끝없이 이어져 있었고, 그것은 잠시도 쉴 새 없이 사람들 손을 타며 돌고 또 돌았다. 나도 줄 끝에 서서 차례를 기다려 마니차를 돌렸다. 마니차에 담긴 내 염원이 하늘에 닿기를 바라면서.

불교 신자들뿐만 아니라 힌두교 신자들도 부다나트를 많이 찾는다고 한다. 네팔의 힌두교 신자들이 불교 사원을 찾듯 불교 신자들 또한 힌두교 사원을 찾아가 경배한다. 신들의 숫자가 인구수보다 많다는 네팔. '네팔'이라는 나라 이름도 '신의 보호를 받는 땅'이라는 뜻이다. 신과 떼려야 뗄 수도 없는 네팔은 가히 신들의 나라라고 할 만하다.

네팔 사람들은 거의 모든 사람들이 종교를 가지고 있으며, 그들에게 종교가 없다는 건 '사람이 아니다'라는 것과 거의 같은 의미이다. 전 인구의 약 80퍼센트 이상이 힌두교를 믿고 있으며 그다음으로는 불교와 이슬람교순이다. 네팔인 대부분이 믿고 있는 힌두교는 다신교다. 삼대 신인 브라흐마(창조의 신), 시바(파괴의 신), 비슈누(유지, 보전의 신)를 비롯해 가네샤(지혜의 신), 락쉬미(풍요, 재물의 신), 수리야(태양신)……. 신의 수가 무려 3억이 넘는다고 한다. 네팔 사람 모두가 각기 다른 신을 섬긴다고 해도 남아돌 정도로 많은 신들! 우선 그렇게 많은 신을 창조해 낸 그들의 상상력이 놀랍고, 그렇게 많은 신들을 자신들보다 우위에 놓고 섬기는 겸허한 자세에 절로 고개가 숙여진다. 소와 개 같은 동물은 물론 하물며 뱀, 까마귀, 쥐까지도 신으로 숭배한다고 하니 세상 모든 것을 섬긴다고 해도 과언이 아니다. 그러고 보니 네팔의 사원에 원숭이들이 많은 것도 동물을 숭상하는 그들의 신앙과 무관하지 않은 것 같다.

네팔을 여행하는 동안, 그들의 삶에 신이 얼마나 가까이 있는지 곳곳에서 확인할 수 있었다. 수많은 사원들, 산골 학교에 있던 조그만 제단, 신에게 바치는 성물들로 가득 찬 가게들, 가게나

집 앞 마을 어귀에 나뭇잎이나 꽃들을 꽂아 만든 금줄, 오색 천이 매달린 나무들……. 특이한 건 네팔에 그렇게 많은 신들이 있는데도 지금껏 종교적인 분쟁이 거의 없었다는 것이다. 그 이유는 다른 종교나 신에 대해 배타적이지 않기 때문이다. 내가 신봉하는 종교, 내가 섬기는 신을 존중하는 만큼 다른 사람이 숭배하는 신도 존중하는 것이다.

네팔 평화의 열쇠인 상대방에 대한 존중은 그들의 인사에도 잘 담겨 있다. 네팔 사람들은 산골 마을 좁은 골목길에서도, 시장에서도, 관광지에서도 눈만 마주치면 두 손을 모으고 친근한 눈빛으로 '나마스테'라며 인사를 건넨다. 나는 세계 각국 어떤 인사보다 이 '나마스테'란 인사말이 좋다. 그래서 사람들을 만나면 내가 먼저 인사를 건넬 때도 많았다. 공손하게 두 손을 모으고 인사하는 것도 좋고, 입안에서 자연스럽게 흘러나오는 소리의 어감도 좋다. 그런데 무엇보다 좋은 건 바로 인사말에 담긴 숭고하면서도 깊은 뜻이다.

'내 안의 신이 그대 안의 신을 경배합니다.'

이보다 멋진 인사가 또 있을까? 네팔 사람들이 그렇게 많은 신들을 섬기고 있는데도 갈등이나 충돌 없이 평화롭게 지내 온 것도, 가난하지만 얼굴에 평온함이 가득한 것도 바로 이런 삶의 태도와 무관하지 않으리라. 그들은 자신 안의 신을 존중하듯이

집 앞에 매달아 놓은 금줄

다른 사람의 신을 존중하며 살아가고 있었다. 만약에 그 많은 신들이 서로 불협화음을 일으킨다면? 날마다 크고 작은 분쟁이 끊이지 않을 테니 지옥이나 다름없을 것이다. 우리는 살면서 내 것만 옳다고 고집하고 내 것만 존중하고, 다른 사람의 것은 제대로 보려고도 들으려고도 하지 않고 무시하는 경향이 있다. 그런 태도는 편협함을 만들고 편협함은 세상을 제대로 보지 못하게 눈을 가린다. 종교, 학문, 예술, 인간관계, 모든 게 그렇다. 내 것을 존중받으려면 먼저 남의 것을 존중해야 한다.

　힌두교의 나라 네팔, 그곳의 수도 한가운데에 당당히 자리 잡고 있는 불교 사원 부다나트. 이 사원이 내겐 '나마스테'의 상징처럼 보인다. 내가 존중받으려면 상대방을 먼저 존중해야 한다. 종교가 달라도, 또는 사상이나 기호가 달라도 서로 밀어내고 배척하는 게 아니라 서로를 존중하는 세상, 그런 세상을 꿈꿔 본다.

나마스테! 고요하고 맑은 눈망울로 인사하던 네팔 사람들이 떠오른다.

나마스테! 가만히 읊조려 본다. 마음이 평화로워진다.

'내 안의 신이 그대 안의 신을 경배합니다.'

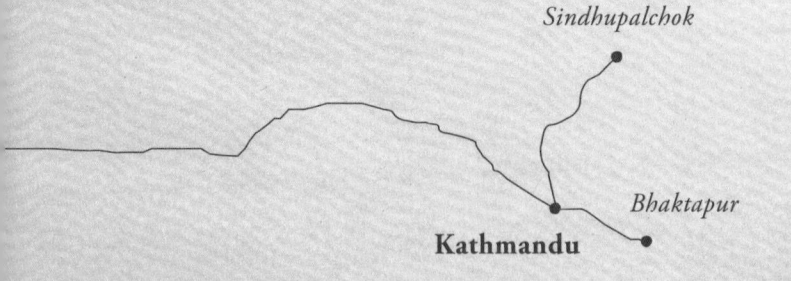

Sindhupalchok

Bhaktapur

Kathmandu

김지언

죽음을 기다리는 집

카트만두 도심에서 가까운 곳에 힌두교 사원이 있다. '파슈파티나트'이다. 사원 정문 앞에 붉은 벽돌집이 있는데 '죽음을 기다리는 집'이다.

그곳에는 더 이상 치료가 불가능한 사람들, 기력이 남아 있지 않은 사람들이 살고 있는데 행복한 사람들이라 했다. 죽음을 기다리며 행복하다니.

의문이 들었지만 '선택받은 사람들이 머무는 집'이라고 그들은 또렷하게 말했다. 그 이유는 바로 앞에 바그마티 강이 흐르고 화장터가 있기 때문이다.

그 강에서 몸을 씻으면 죄가 씻긴다고 믿는다. 네팔에선 숨이 멎은 후, 스물네 시간 안에 장례를 치러야 한다. 그래서 그들의

가족은 벽돌집 주변에 살고 있다. 잠잘 곳을 구하지 못하면 천막을 치고 노숙이라도 한다. 집 안에서는 죽음을 기다리며 살고, 밖에선 그 사람의 죽음을 기다리며 가족들이 살고 있는 것이다.

정문을 들어서니 바그마티 강을 건너는 돌다리가 보였다. 정문 쪽이 화장을 하는 곳이고, 우리는 강 건너편에서 장례식을 볼 수 있었다. 사람들이 꽤 많았다. 미국인들과 중국인, 우리 일행 등 주로 관광객들이었고, 화장하는 모습을 수채화로 그리는 화가도 몇 있었다. 아마도 미리 주문받고 그림을 그리는 것이리라.

마침, 제단 두 곳에서 의식을 시작하는 중이었다. 아직 카스트제도가 남아 있어 상류계급이 화장하는 쪽은 강의 상류인 북쪽이며 '아리아 가트'라 부른다. 남쪽 '남 가트'라 부르는 곳이 신분이 낮거나 일반 서민들의 장례가 치러지는 곳이다.

바그마티 강의 폭은 대략 어른 키의 열 배 정도 되어 보였는데, 그 강물 가로 직사각형 가트가 돌다리를 경계로 나란히 놓여 있다. 마치 배를 타는 나루터가 나란히 놓여 있는 것 같다는 표현이 맞을까.

한 곳에서는 화장이 끝나 재만 남아 있었다. 1월은 건기여서 강물이 아주 탁했다. 매일같이 뿌려지는 재 때문일 것이다. 완전히 타버린 재를 그들은 해탈이라 믿는다.

바그마티 강의 시원은 히말라야 산맥의 줄기로 카트만두에서

화장이 끝나기도 전에 강 건너에서는
삶을 이야기한다. 삶은 핑크빛
솜사탕처럼 달콤한 거라고.

손금에 멋진 운명이 쓰여 있다며
사람들을 유혹한다.

태양 같은 진노랑과 빨강의 중간색 천으로 덮인 시신과 가족들

15킬로미터 떨어진 '강고토리 빙하'다.

힌두교인들의 소원은 죽은 뒤 완전한 재가 되어 갠지스 강에 뿌려지는 것이다. 그것은 다시 태어남을 의미한다. 갠지스 강의 상류인 바그마티 강에 뿌려지면 언젠가는 갠지스 강에 도달할 것이라 믿는다. 그들은 죽음을 단지 다른 세상으로 옮겨 가는 것으로 믿고 있기 때문이다.

강 건너에서 의식이 치러지는 것을 자세히 보려고 안경을 꺼내 썼다. 이글거리며 떠오르는 태양 같은 진노랑과 빨강의 중간색 천이 망자에게 덮여 있었다. 불교에선 흰색의 수의를 입히고, 힌두교에서는 주황색 수의를 입힌다. 그것은 뜨거운 해를 당겨 덮은 듯 보였다. 다시 떠오르는 태양처럼 그들의 윤회사상과 맞아떨어지는 색. 꽃도 주홍색의 금잔화로 장식했다.

망자의 몸을 강물에 세 번 씻기는 의식을 행할 때 살아 숨 쉬는 사람처럼 망자의 손과 발이 부드럽게 흔들렸다. 하루 동안에 장례를 치르기 때문일까. 나의 아버지가 돌아가셨을 때처럼 냉동실에서 얼어 있는 그런 뻣뻣한 모습이 아니었다. 친족들이 마지막으로 망자의 주위를 돌았는데, 그들의 몸짓은 소리가 들리지 않아도 흐느낌으로 보였다.

상주인 맏아들은 상의를 벗은 채로 머리를 삭발하는 중이었다. 아들들은 모두 삭발을 해야 하는데 머리카락은 물론, 티끌 하나라도 더러운 것이 떨어지지 않도록 하기 위함이다. 상복도 바느질하지 않은 하얀색 면을 걸친다. 장례를 치르고 13일 동안 제사를 지내는데, 직계 가족만이 상주가 되는 것은 우리와 같다. 문상을 온 사람들이 제주를 만지거나 스쳐도 안 된다. 깨끗한 영혼과 가장 가까이 있는 제주들에게 일상의 때가 묻으면 안 된다는 것이다.

제사상에는 매일 다른 종류의 영양가 있는 음식을 올려야 하는데, 영혼이 다른 세상으로 가려면 잘 먹고 건강해야 갈 수 있다고 믿고 있어서이다. 특이한 것은 13일 동안 소금을 먹지 못하는 것. 소금을 먹으면 에너지가 생겨 망자의 영혼 외에 다른 생각을 하게 되는 걸 막으려는 것이다. 음식에 소금은 물론 기름이나 향이 들어간 것은 일절 올리지 못한다. 맛이 있다는 것을 느껴서도 안 되며, 기쁜 일을 생각해서도 안 된다. 잠은 바닥에서 자야 하는데 짚이나 자연에 가까운 울로 만든 것을 깔고 자야 된다. 신발도 짚으로 된 것만 신어야 한다.

장례의 마지막 날. 제주들은 모두 소의 꼬리를 잡고 기도를 올린다. 소가 영혼이 가는 길을 도와준다고 믿기 때문이다. 조선 시대의 삼년상은 아니지만, 낳아 준 부모에 대한 존경을 표하는 의식은 우리와 비슷한 것 같다.

장례의식을 치르는 사람들이 나무장작을 석 단 쌓고 시신을

올렸다. 그 위로 장작을 두 단 더 쌓았다. 맨 위엔 짚을 강물에 적셔 덮었다. 돈이 없어 장작을 충분히 사지 못하면 미처 다 태우지 못하는 경우도 있다고 한다. 그러면 타다 남은 그대로 강 버린다. 바로 그 가트 멀지 않은 곳에서 어린아이들이 강바닥에 떨어진 동전을 줍고 있었다. 시체가 불에 타고, 연기가 나는 그곳을 놀이터쯤으로 여기는 것처럼 보였다. 그게 아니라면 동전 하나라도 주워 살림에 보태야 하는 건지도 모른다.

이제 불을 붙이려는지 발끝에도 나무 잔가지를 넣는 것이 보였다. 목도 편하게 해 주려는지 나무를 이리저리 바꾸며 정리를 했다.

'나쁜 일은 입에서부터 시작된다.'

그런 믿음 때문인지 화장을 시작할 때 불을 입에서부터 붙였다. 강 건너에서 보았지만 섬뜩했다. 나는 부모님께, 친구에게, 자식에게, 또 나 자신에게 크고 작은 거짓말을 얼마나 많이 했던가.

'말의 중요함을 말로서 하는 것이 아니라 가슴으로 느끼게 하는구나.'

장례의식을 행하면서 살아 있는 사람들을 깨우쳐 주는 것 같았다. 나도 모르게 입술에 검지를 댔다. 문득 나도 말을 함부로 하지 말아야겠다고 생각했다.

불은 쉽게 붙지 않았다. 장작 사이로 잔가지를 넣고 불을 살리려 애를 쓰는 것이 보였다. 드디어 연기가 피어올랐다. 불이 붙기 시작하자 금세 활활 타올랐다.

그 순간 학창 시절에 들은 말이 생각났다.

'사람은 태어나서 사랑하다가 죽는 것.'

그 시절엔 사랑의 커다란 의미도 몰랐고, 죽음도 나와는 무관한 것이라 여겼다.

살아 있다면 꼭 거쳐야 하는 통과의례. 누구도 대신할 수 없으며 다시 할 수 없는 것. 살아 있음의 마침표, 죽음. 생각해 보면 나의 모든 결과물인 죽음을 잘 맞이하기 위해 노력하며 살아가는 것은 아닐까?

그 붉은 벽돌집에서 스스로 되돌아보는 시간을 갖는다는 것, 그것만으로도 행복한 집이라 불려도 될 것 같다. 죽음을 삶처럼 곁에 두고 사는 사람들의 모습을 지켜보면서 지금의 내 삶에 숙연해졌다.

오늘도 네팔의 붉은 벽돌집에서는 생의 마지막을 뜨겁게 살아가는 이들이 있을 것이다. 그가 누구든, 어떤 삶을 살았든 그 삶에 조용히 고개를 숙여 본다.

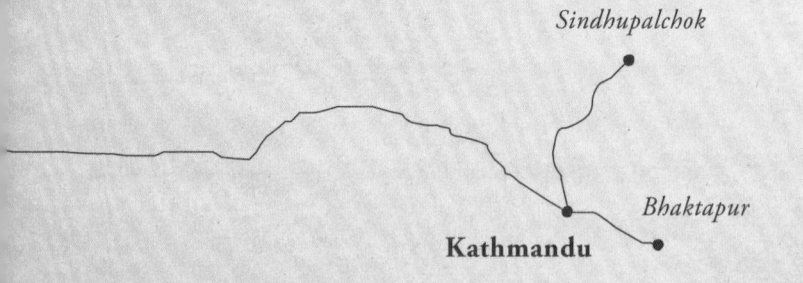

Sindhupalchok

Bhaktapur

Kathmandu

비스따리 비스따리

산토스의 결혼식. 산토스는 충청도 홍성 새시 공장에서 일하는 네팔 청년이었다. 두 번째 네팔 여행을 갔을 때 만난 인연으로 한국에서도 서로 연락하며 지내는 사이였다. 예쁜 아가씨 수스마와 결혼한다는데 하필이면 설날 다음 날이었다. 결혼식은 오후 5시였다. 부모님도 없이 낯선 땅에서 결혼하는 산토스가 마음 쓰여 내 집에 온 친척들을 두고 집을 나섰다. 늦을세라 서둘렀다. 같이 가기로 한 일행들과 일찌감치 만나 식장으로 갔다.

예식장을 빌릴 형편도 안 되어 광화문에 있는 큰 뷔페식당을 한 칸 빌려 결혼식을 올리기로 했다. 그런데 큰 홀에는 아무도 없었다. 4시 반이 넘었는데도 주인공인 산토스와 수스마조차 보이지 않았다. 슬슬 불안해지기 시작했다. 연휴라 차가 밀리고 길도 얼어 있었다. 혹시 사고라도 났으면 어쩌나 불안한 생각까지 들었다. 그러다 식당 끝자리에 앉은 세 사람이 눈에 들어왔다. 그들은 양복을 말쑥하게 차려입고 연신 시계를 보고 있었다. 산토스와 수스마가 다니는 회사 사장이라고 했다. 홍성에서 올라온 산토스의 사장님은 길이 막혀 늦을까 봐 벌금 낼 각오로 버스전용차선으로 달려왔단다. 또 한쪽에선 축하 연주를 할 아이들이 하얀 드레스를 입고 덜덜 떨고 있었다. 주인공도 없는 식장에서 하객들끼리 서로 멀뚱멀뚱 바라보고 있자니 멋쩍은 생각이 들었다. 5시를 5분 남겨 놓은 시각에 주인공이 나타났다. 시계를 보며 초조하게 기다린 우리들에 비해 느긋한 얼굴이었다. 주인공이 나타났다고 바로 결혼식이 시작되는 건 아니었다. 100석이 넘는 객석엔 우리 한국 사람들뿐이었다.

한국에서 일하는 친구들이 모두 올 수 있게 결혼식을 설날 다음 날로 잡았다고 했다. 그런데 그 친구들은 왜 안 올까? 숨어 있다 깜짝 선물처럼 한꺼번에 나타나려는 걸까? 기다리다 지쳐 객석이 3분의 1도 채워지지 않은 채 식이 시작되었다. 하객으로 온 신부 측 사장님과 신랑 측 사장님이 주례사처럼 덕담을 하는데 몇 명이 들어왔다. 우리 팀을 대표해 문영숙 언니가 한마디 하는데 두런거리며 또 몇이 들어왔다. 축하 연주를 하는데 한 무리가 들어오고 그렇게 결혼식이 끝나갈 무렵 자리가 채워지더니 식이 완전히 끝나고 식사가 이어질 때 빈자리가 다 채워졌다. 아, 이게 바로 말로만 듣던 네팔 타임이구나 싶었다.

독일의 철학자 칸트는 인간 시계로 유명하다. 늘 같은 시간에 같은 곳을 산책하는 칸트를 보고 마을 사람들은 시계를 맞추었다고 한다. 그런 칸트가 네팔에 살았다면 어땠을까? 늘 똑같은 시간에 산책하는 칸트를 보며 사람들은 과연 시계를 맞추었을까? 그럴 리가 없다. 그들은 칸트가 같은 시간에 산책하는 그 시간조차 몇 시인지 모를 것이다. 왜냐하면 아무도 그 시간에 시계를 보지 않을 테니 말이다.

산토스의 결혼식

네팔을 여행해 본 사람은 알 것이다. 시계가 필요 없다는 것을. 치트레를 떠나는 날, 8시에 온다는 버스는 9시가 되어서야 왔다. 8시 전부터 짐을 싸 놓고 버스를 기다리던 우리는 마을 사람들과 일일이 작별인사를 나누었다. 그런데도 버스는 오지 않았다. 그러니 한 번 더 뜨겁게 포옹하며 이제 진짜 떠난다, 다음에 꼭 다시 오겠다며 했던 말을 또 해야 했다. 여전히 버스는 모습을 드러내지 않았다. 아쉬워 이곳저곳 사진을 찍으며 시간을 보내다 괜히 만만한 안나푸르나 설산을 향해 열 번도 넘게 셔터를 눌러댔다. 뛰어놀던 아이들은 며칠 더 머물 것처럼 입었던 옷을 하나하나 벗었다. 그때 버스가 나타났다. 바로 짐을 싣고 떠날 줄 알았는데 처음부터 다시 작별인사가 시작되었다. 버스가 기다리든 말든 작별 인사는 계속되었고 나누던 대화도 이어졌다.

그렇게 마을 사람들과 긴 이별을 끝내고 드디어 버스가 출발했다. 그런데 20분도 채 가지 않아 버스는 고장이 났다. 순간 슬라이드처럼 다음 장면이 떠올랐다. 왜 고장이 났을까? 원인을 찾는 데 한참 걸리고, 고칠 수 없으면 누군가에게 연락을 할 것이다. 연락을 받은 사람이 오는 데 또 한참 걸리겠지.

그래서 우린 그냥 걸었다. 가다 보면 버스가 우리를 태우고 가겠지. 가는 동안에도 차를 못 고치면 그냥 딤무와까지 걸어가지 뭐, 이런 마음이었다.

딤무와에는 우리나라 의사가 문을 연 병원이 있다. 지나는 길이니 병원도 둘러보고 네팔에서 번역한 우리 동화책도 몇 권 전해 주기로 했다. 그리고 그곳에서 12시쯤 점심을 먹기로 계획되어 있었다.

구불구불 좁은 산길을 내려갔다. 길은 움푹움푹 패어 있고 돌들이 바닥에 나뒹굴었다. 버스 언제 와요? 누구 하나 묻는 이가 없었다. 그냥 마을을 구경하면서 이야기를 나누며 걸을 뿐이었다. 내 시선도 천천히 움직였다. 찍고 싶은 곳을 맘껏 찍으며 천천히 걸었다. 어느새 우리는 네팔 사람들처럼 '네팔 타임'에 젖어 있었던 것이다.

아이들은 풀어놓은 망아지마냥 장난치며 좋아서 소리를 질렀다. 꽉 짜여진 학교 시간표에서 해방된 아이들은 그냥 이렇게 걷는 것만으로도 행복했을 것이다. 걷다가 뛰다가 다시 돌아와 장난치다가 다시 앞질러 갔다. 길가의 나뭇가지를 꺾어 칼싸움을 하고 염소를 만나면 따라다니며 놀고 개를 만나면 우르르 몰려가 쓰다듬었다. 길가의 돌멩이도 그냥 지나치지 않고 축구공 차듯 굴리며 갔다. 길 위에 모든 것이 장난감이었다. 한참을 걷다 뒤를 보니 저 멀리 버스는 멈춰 버린 자리에 그대로 서 있었다. 걸어가도 상관은 없지만 살짝 다음 일정이 걱정되기는 했다.

처음 네팔에 왔을 때는 그랬다. 왜 저렇게 느릴까? 왜 저렇게

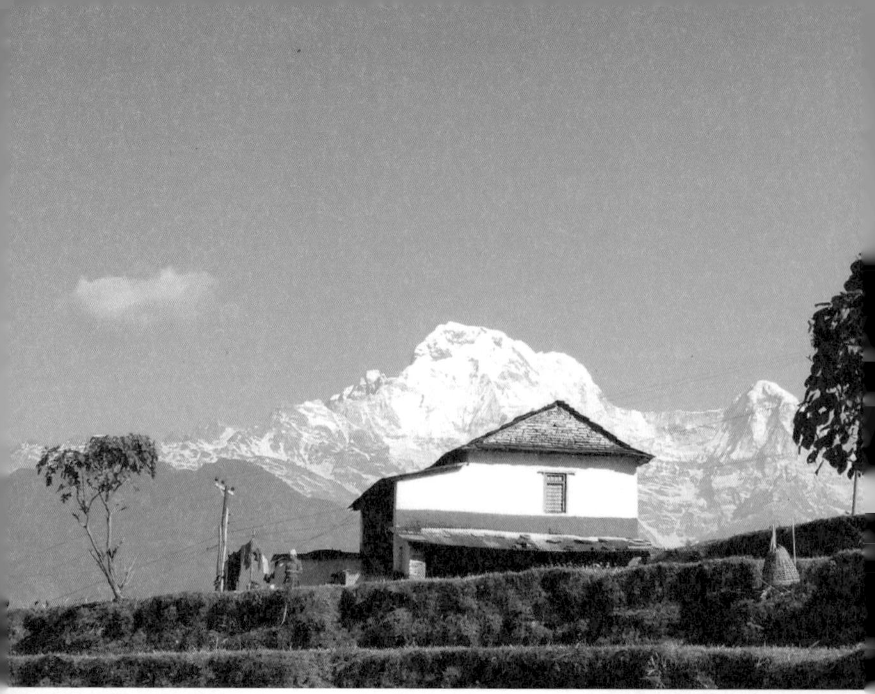

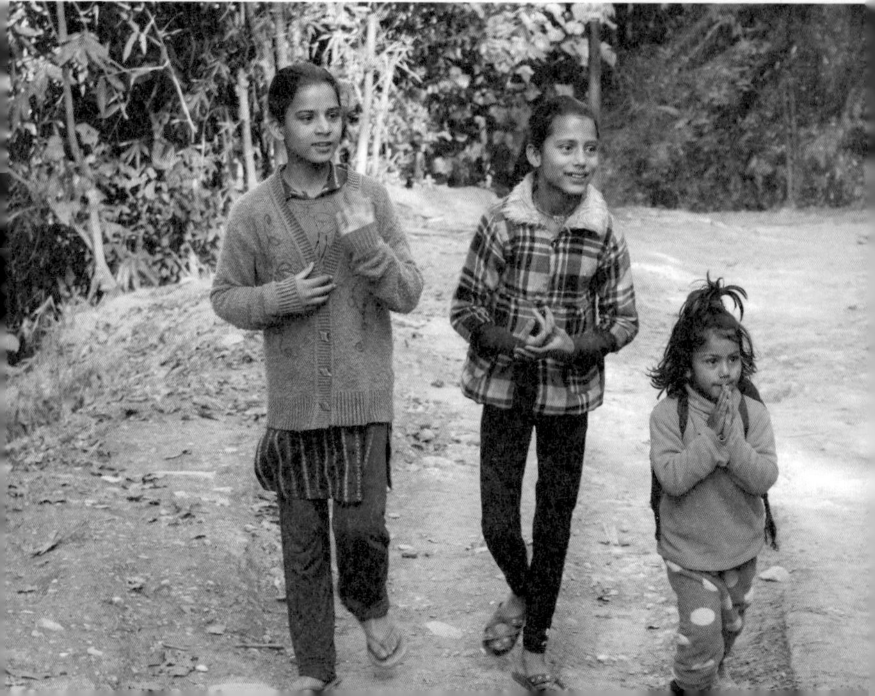

계획적이지 못할까? 아니 계획을 세웠으면 딱딱 시간 맞춰 해야하는 게 아닐까? 늘 조급하게 서두르며 살았던 나는 그들의 여유가 불안하고 초조했다.

그런데 네팔에 세 번쯤 오고 보니 그냥 주어진 시간에 나를 맞추고 있었다. 버스가 오는 시간에 나를 맞추고 해가 뜨는 시간에 맞추고 별이 뜨는 시간에 맞추면 되는 것이었다.

걸어서 딤무와에 도착하니 3시가 훌쩍 지났다. 버스는 아직도 오지 않았다. 우리는 네팔의 산길을 걸었고 활짝 피어 있는 유채밭을 지났고 물소 밥을 준비하는 아낙을 만났다. 우물가에서 머리를 감던 노인을 보았고 염소를 몰고 가는 사내를 보았다. 줄에 나란히 걸린 빨래를 보았고 맞은편에서 오는 자매들과 몇마디 인사를 나누기도 했다. 온전하게 길의 주인이 되어 눈앞에서 웅장한 설산을 만났고, 설산 아래 뉘엿뉘엿 자리를 옮기는 해 그림자를 보았다.

'비스따리, 비스따리!'

'천천히, 천천히'라는 뜻의 네팔 말이다. 네팔 여행을 하면서 나는 자주 이 말을 떠올렸다.

버스는 왜 이렇게 안 올까? 하다가도 비스따리, 비스따리!

왜 이렇게 밥은 늦게 나올까? 비스따리, 비스따리!

어떻게 되었는지 알아보러 간 사람은 왜 이렇게 안 오지? 비

일몰, 붉은빛으로 물든 치트레 마을

스따리, 비스따리!

높고 웅장한 히말라야의 침묵을 보며 살아온 네팔 사람들, 그 웅장함 앞에서 인간의 삶이 개미처럼 작고 하잘것없다는 걸 깨달았을까? 자연의 속도로 순응하며 살아가는 것, 그러니 바동거리지 말고 비스따리, 비스따리!

네팔에서 지내는 동안 나는 시계를 보지 않았다. 아침에 떠오르는 태양이 시계고, 태양이 비추는 설산의 빛이 시계고, 어둑어둑 찾아오는 어둠이 시계고 별과 달이 시계였다. 그들을 보며 일어나고, 밥 먹고, 일하고, 집으로 돌아가고. 그 수많은 자연의 시계들이 내 앞에 걸려 있는데 굳이 인간이 만들어 낸 시계를 들여다볼 일이 있을까.

여행에서 돌아왔을 때 나는 다시 예전으로 돌아갔다. 조급함이 살아날 때마다 나를 달래며 말한다.

"비스따리 비스따리!"

2011년 2월
치트레에 첫발을 디디다

2011년 2월 14일 마을 주민들의
뜨거운 환영식

포카라에서 네팔 작가들과 함께하다.

금잔화 꽃목걸이를 걸고……

네팔 작가들은 아이들을 좋아했다.

동네 아이들과 금방 친구가 되고

천상의 마을
신두발촉에 가다

신두발촉 학교에서

마음도 나누고 선물도 나누고

네팔 작가들과 한국 작가들이
함께 모이고

아이들은 이렇게 놀고

푸르나 봉사단 아이들이 네팔어로
일기를 발표하다.

어른들은 이렇게 하나가 되었다.

2014년 치트레 마을에 두 번째 가다
락쉬미 학교 방문

푸르나 봉사단의 후원으로
교실 책상도 바꾸고

우리를 반기는 다울리기리 학교
선생님과 학생들

락쉬미 학교 친구들의 공연도
함께 보다

사랑이 호수도 들르고

치트레 마을에서 가장 큰
자나쉬타 학교

판차코시 중턱에서 네팔의 국화
랄리구라스를 들고 찰칵!

네팔 지진
2015년 4월 25일 네팔 표준시간 11시 56분 26초

그 시간은 푸르나 봉사단에게도
충격의 시간이었다.

RE: 고마워요.

2015. 4. 29. 오전 10:58:49

네.... 겨우 살아남았어요. 전 두 달 전부터 카트만두에
서 살고 있거든요. 한국어를 가르치고 있었어요. 하지
만 .....샘 그리고 제 가족이 모두 괜찮아요. 물론 리따
누나하고 오힌형도. 그래도 아직도 모두들 공포에 떨
리고 있어요. 잊을 수 없는 그 사건 영화에서 본 무슨 장
면 같았어요. 건물들 무너지고 사람들이 죽었고. 상상
도 할 수 없는 그 지진.....우리는 4일 동안 밭에서 생활
하고 이제 좀 긴장이 풀어지고 있어요.....샘 다행이 살
아남았어요.

닐멀이 보내온 소식

네팔 대사관을 찾은
푸르나 봉사단 아이들

네팔을 위해 응원의 글을 남긴다.

봉사단의 후원금으로 지진복구를
하고 있는 닐멀과 고향 사람들

세 번째
치트레를 가다

여전히 반가운 치트레 사람들

사람도 호수도

환영의 마음은 빠진 글자만큼
더 뜨겁고

학교도 교실도

마을도 집도 골목길도

여전히 그렇게 네팔은
그 자리에서 우리를 기다리고 있었다.

네팔과의 인연은
한국에서도 이어져……

네팔 청년 산토스가 결혼할 때

네팔 어린이작가회의 람바부 회장이
한국에 왔고

봉사단은 축하곡을 연주하고

KBBY 행사에서 네팔 이야기를
들려주다.

작가들은 기꺼이 들러리가 되었다.

매년 2월이 되면 푸르나 봉사단 후원금은
교복이 되고 가방이 되고 신발이 되고,
도서관의 책이 되고 농구공이 된다.

왜 거기,
네팔이었을까?

네팔! 누군가는 원형原形이라고 한다.
자연도, 사람도 우리가 잃어버린 본래의 모습을
간직하고 있는 곳이라고.

네팔! 누군가는 어렵게 사는 피붙이 같아
아픈 손가락이 떠오르고, 그럼에도 또 누군가는 쑥쑥 자라
초록 이파리 무성한 나무가 될 것 같은 희망이라고 말한다.

네팔! 그곳의 이야기를 쓴 아홉 작가들이 다시 모였다.
책으로 담아내지 못한 말들을 후기를 대신해 옮겨 적는다.

이야기의·시작

혜선 | 우리의 네팔 이야기가 곧 책으로 나옵니다. 네팔 여행을
함께 한 얼굴들을 보니 왜 여기가 네팔 같다는 생각이 들까요?
눈앞에는 설산이 있고 치트레 아이들 목소리가 들리는 것 같아
요. 이 자리에서 다시 네팔의 추억을 떠올리며 자유롭게 이야기
를 나눠 보면 좋을 것 같습니다.

2010년을 시작으로 네팔과의 인연이 지금까지 이어지고 있는
데 그 처음이 없었다면 이 책은 나올 수도 없었겠죠?

영숙 | 2010년 네팔 세계 어린이 작가대회에서 세미나가 열렸
어요. 덴마크, 미국, 인도, 호주 등 세계 각국에서 참석했는데 그
때 '푸른아동청소년 문학회' 작가들도 초대를 받았고 그 인연이
지금까지 이어진 거죠.

진아 | 맞아요. 그때 저도 참석했는데 사실 작가 교류 행사보다
는 네팔의 낯선 풍경에 감동했어요. 우리 일행의 안내를 맡은 람
이 한국에서 이주노동자로 일한 경험이 있어 말이 통했거든요.
국제 행사보다는 밤마다 람 이야기를 듣는 게 좋았어요. 그리고
그의 고향, 치트레. 히말라야 산골 마을이라는 말에 우린 흥분했

고 그래서 으쌰으쌰 그 다음 해에 그 마을을 찾아간 거잖아요.

상순 | 네. 관광지가 아닌 히말라야 작은 산동네, 치트레는 우리에게 네팔의 속살을 그대로 보여 준 곳이지요. 밤마다 히말라야가 떠나가도록 마을 분들과 어울려 놀았잖아요.

영숙 | 헤어질 때마다 아쉬워 다음에 꼭 오겠다, 다시 오겠다 약속을 했고, 그 약속을 지키기 위해 가고 또 가고. 마지막엔 게스트하우스 이야기까지 나오게 되었잖아요. 마을회관에 게스트하우스를 지어 다음엔 이곳에서 함께 보내자고.

혜선 | 따지고 보면 이 책은 게스트하우스, 우리가 한 약속을 지키기 위해 쓴 거잖아요. 더 자주 오고 싶고 더 오래 머물고 싶은 욕심도 있지만 치트레에 대한 애정에서 시작된 거나 마찬가지인데, 일반 여행서라기보다 네팔과 그곳 사람들과 나눈 교감의 이야기라고 할 수 있겠죠.

진아 | 우리가 치트레에 처음 갔을 때, 여관도 없고 아무것도 없어 마을 주민들 집에서 잤잖아요. 우리에게 나무 침대를 모두 내주고 새 시트까지 사다가 덮어 주었잖아요. 그들은 침대를 우

리에게 다 내주고 어디서 잤는지 지금도 궁금하고 미안해요. 치트레 떠나올 때 막 울면서 다시 오겠다고 하고, 마을 사람들은 꼭 다시 오라고 하고……. 그리고 정말 다시 간 거잖아요. 네팔 사람들이 인사치례로 말했는데 어떻게 보면 주책바가지처럼 다시 갔나? 이런 생각도 가끔 했어요. (웃음)

미경 | 그럴 리가요. (웃음) 신두발촉 갔을 때 봤잖아요. 밤중에 도착했는데, 그 사람들이 우리를 맞이하던 모습을 잊을 수가 없어요. 치트레와는 비교할 수도 없을 만큼 오지였는데, 찾아온 손님을 맞이하는 그들의 마음. 우리를 위해 멀리서부터 카펫이며 그릇이며 집에서 가장 아끼는 것들을 가져와 꾸민 거란 말에 마음이 찡했어요. 밤엔 잘 몰랐는데 아침에 해가 뜨고 보니 집들이 아주 멀리 드문드문 보이더라고요. 그 멀리서 우릴 만나러 찾아오고, 또 밤중에 돌아갔을 걸 생각하니 더 감동이었어요.

금이 | 맞아요. 몇 년 전 네팔에 지진이 났을 때, 신두발촉이라고 하는데 가슴이 철렁하더라고요. 우리가 그곳에 가지 않았었다면, 그냥 네팔의 지진 난 곳 중에 하나이고 우리랑 상관없는 곳에서 일어난 재난이라고만 여겼을 거예요. 그런데 우리가 신두발촉을 다녀왔기 때문에 진심으로 걱정하고 도우려고 애썼던 것

같아요. 그때 성금하고 물품 모아서 네팔 대사관까지 찾아갔었잖아요.

영숙| 네, 생각나요. 푸르나 봉사단 아이들은 집에 있는 네팔 돈까지 모아 찾아갔었지요.

기억에 남는 건 사람 이야기

혜선| 이번 책 네팔 이야기요, 아홉 명이 나눠 쓰다 보니, 분량 상 쓰고 싶었지만 쓰지 못한 이야기들이 있을 거예요. 난 그런 것 중 하나가 닐멀 이야기예요. 닐멀은 의정부 청바지 공장에서 일했고 여기저기 떠돌아다니다가 불법체류자로 잡혀 강제 추방 되었잖아요. 그런 닐멀을 네팔에 가서 만났을 때, 그것도 네팔 텔레비전에 나오고 광고에도 나오는 네팔의 아이돌이라는 이야기! 완전 반전이었어요. 춤추며 노래하는 자신의 꿈을 이루기 위해 돈을 벌어야 했다는 이야기는 지금도 뭉클해요.

종선| 그래도 네팔에 왔는데 산에 대해 쓰고 싶었어요. '히말 라야'가 '눈의 집'이라거나 치트레에 있는 동안 매일 봤던 '마차

푸차레'가 '물고기꼬리'라든가 하는 정보에 귀를 기울였는데 실제로 산을 오른 게 아니라 쓰는 데 한계가 있더라고요. 언젠가 기회가 되면 트레킹을 꼭 하고 글을 쓰고 싶어요.

미경 | 난 치트레의 교장 선생님이 기억에 많이 남아요. 긴 생머리를 한 가닥으로 묶고 늘 박꽃 같은 웃음을 잃지 않았던. 우리에게 숙소로 집을 통째로 내주었잖아요. 아침에 눈 비비며 나오는 우리에게 멀리 보이는 설산을 손으로 가리키면서 마차푸차레라고 알려 주던 모습이 아직도 눈에 선해요. 헤어지는데 친정 언니를 멀리 두고 오는 것처럼 가슴이 먹먹했어요. 그런데 나중에 다시 갔을 때 알고 보니 우리보다 나이가 한참 어려서 모두 깜짝 놀랐지요. (웃음)

상순 | 나는 코끼리 이야기를 꼭 쓰고 싶었어요. 치트완 국립공원에서 본 코끼리. 그날이 마지막 출근이었다는 그 늙은 코끼리가 가슴에 남아요. 정년퇴임이 얼마 안 남은 내 생각이 나서요. (웃음) 그리고 처음에 간드룩에 갔을 때 만났던 아픈 사람들도 많이 마음에 남아요. 간호사라 그런지 늘 아픈 사람이 눈에 들어와요. 직업병이랄까. (웃음)

진아 | 맞아요. 정말 그때 아픈 사람들이 많았어요. 그런데도 치료는커녕 그 병을 함께 데리고 사는 거예요. 생활처럼.

미경 | 기억에 오래 남는 것이 결국 사람들이군요. 우리가 같은 여행지를 다시 찾아갈 때, 보통 그곳의 인상적인 풍광 때문인 경우가 많은 거 같아요. 그런데 네팔은 조금 다른 게, 사람이 보고 싶고 그들의 안부가 궁금해서 간 경우잖아요. 그래서 더 특별했던 것 같아요.

종선 | 우리만 그런 건 아닌 것 같아요. 네팔은 대부분 트레킹을 하려고 오는 곳이다 보니 장기간 머물게 되는데 셸파나 포터, 쿠커랑 다 같이 팀을 이룬단 말이에요. 그 사람들이랑 오랜 시간을 함께하다 보니까 정이 들게 돼요. 나는 돌아왔지만 동생 같고 삼촌 같고 형 같은 누군가가 네팔에 있는 거지요. 그게 사람들을 자꾸 네팔로 잡아끄는 것 같아요.

금이 | 그리고 우리는 아동문학과 청소년문학을 하는 사람들이잖아요. 여러 해에 걸쳐서 아이들이 성장하는 모습을 볼 수 있었던 게 특히 좋은 거 같아요. 다음에 가면 또 얼마만큼 자랐을지 궁금하고 기대도 되고요.

묘신| 아이들의 성장 모습도 그렇지만 저는 프렘 할아버지의 한결같던 모습이 떠올라요. 네팔에 처음 갔을 때 프렘 할아버지 댁에서 잤어요. 다음에 갔을 때도 프렘 할아버지댁에서 자면서 도대체 무슨 인연일까, 생각했어요. 든든하게 동네를 지키고 있는 느티나무처럼 프렘 할아버지 역시 아무 때나 가도 늘 한결같이 그 자리에서 다정다감하게 맞아 주실 것 같아요.

혜선| 저는 외국 사람들 이름을 잘 못 외우거든요. 그런데 프렘 할아버지, 포르사드, 닐멀, 판자만, 산토스, 머니, 두르버…… 이런 사람들 이름을 줄줄 외우고 있다는 게 제가 생각해도 신기해요. 네팔의 산골 동네 할아버지 이름까지 다 외우고 있다는 것, 이런 것이 어쩌면 친근감이고 다시 가고 싶은 이유이기도 해요.

지언| 여행을 가기 전에 아버지가 편찮으셨어요. 그래서 다른 곳들보다 파슈트나트 사원이 가장 마음에 와닿는 장소였어요. 사람들의 장례풍습도 우리가 볼 수 없는 광경이었잖아요. 시신을 장작으로 만든 나무 제단 위에 올리고 고약한 냄새가 나긴 하지만, 그 화장터에서 화장되는 걸 최고의 행복이라고 느끼는 그들의 풍습이나 모습이 인상적이었어요.

네팔 하면 떠오르는 것

혜선| 그렇죠. 우리가 어떤 글을 쓸 때, 낯선 여행지의 이야기도 그 첫 출발은 나의 삶에서 출발하는 것 같아요. 지언 샘이 많고 많은 이야기 중에서 죽음을 만나는 공간에서 아버지를 떠올리며 쓴 걸 보면. 다른 분들도 네팔 하면 뭐가 떠오르는지 이야기해 볼까요?

지언| 나는 네팔을 여행하면서 색色에 대해 많이 생각했어요. 새벽에 화장실을 가려고 나왔는데 왜 우리 치트레 화장실이 파란 양철 지붕이었잖아요. 그 지붕 끝으로 설산이 있고. 하늘도 별도 또렷이 보이는데 그 푸르스름한 어둠? 도저히 말로, 글로 표현할수 없는 그 색色이 지금도 선명하게 남아 있어요. 그때 불던 2월의 바람, 찬 공기까지 색으로 막 떠올라요. 그런데 한 줄도 못 쓰겠더라고요. 한계인 거지요. 그래서 그냥 나만 읽는 마음에 묻어 뒀어요.

묘신| 저는 돌아와서도 그들의 뒷모습이 자꾸 떠올라요. 치트레 마을에 갔을 때 이웃 마을에서도 오고, 산 너머에서도 사람들이 왔잖아요. 꼭 육칠십년대 서울에서 손님이 오면 시골 사람

들이 구경 오던 것처럼요. 같이 즐거운 시간을 보내다 깜깜한 밤, 손전등을 들고 돌아가는 사람들의 뒷모습, 우리가 도대체 뭐라고. 돌아가던 그들의 뒷모습을 생각하면 지금도 코끝이 시큰해집니다.

금이| 나는 무장해제! 모닥불 주변에서 네팔 술인 락시를 마시고, 밤늦도록 별을 보고 노래 부르고……. 모두 네팔 민요인 레썸삐리리란 노래와 춤 아시죠? 내 평생에 그렇게 즐겁게 춤을 춰 본 건 치트레가 처음이에요. 나는 평소 스스로를 풀어놓고 사는 사람은 아닌 것 같아요. 그런데 네팔에 가면 온전히 나 자신이 돼요. 네팔의 사람들과 함께 간 여러분이 그렇게 만들어 주는 거겠죠. 네팔이 주는 선물이란 생각이 들어요.

영숙| 설산 아래 수없이 이어지는 계단식 논 봤지요? 골목길도 모두 돌계단으로 되어 있잖아요. 학교에 필요한 물건 있냐고 했을 때 농구공, 배구공, 배드민턴 이런 건 다 나오는데 축구공이 없었잖아요. 궁금했는데 가서 보니 알겠어요. 산꼭대기에서 공을 차면 저 아래까지 굴러가니 어떻게 축구를 하겠어요. (웃음)

혜선| 전 똥 싼 바지요. 푸르나 봉사단을 만든 강이, 연진이, 이

정이가 처음 네팔에 갔을 때 초등학교 3학년이었잖아요. 프렘 할아버지네서 잤는데 강이가 참다참다 한밤중에 바지에 일을 보고 만 거예요. 프렘 할아버지 집 변소가 얼마나 먼지 다들 아시죠? 강이를 수돗가로 데리고 가 씻기는데 설산에서 내려온 물이 얼마나 차든지. 추워서 저도 달달 나도 달달. 그런데도 산 아래는 온통 노란 유채밭이어서 숨이 멎을 지경이었지요. (메밀꽃 필 무렵 버전으로) 실은 냄새 때문이었지만. 그런데 그 바지가 문제였죠. 도저히 빨 수가 없어서 장작더미 속에 숨겨뒀는데 아침에 보니 닭들이 그 자리를 맴돌며 꼬꼬댁거리는 거예요. 들킬까 봐 등에서 땀이 좔좔 났어요. 지금도 그 바지를 어떻게 처리했을까 궁금하고, 프렘 할아버지께 미안하고 그래요.

표신 | 그 사건(?)을 끝까지 지켜본 증인이잖아요. 미안한 마음은 있지만, 아직까지도 우리는 그 이야기를 즐기면서 하고 있으니. (웃음)

상순 | 난 아이들의 눈망울! 어쩌면 그렇게 하나같이 맑은지. 네팔, 하면 아이들의 맑은 눈망울이 떠올라요.

진아 | 나는 교복이 먼저 생각나요. 히말라야 산속 마을 마을

마다, 학교가 있는데 애들이 다 교복을 입고 있잖아요. 학교라고 부를 수도 없는 허름한 건물에 판자로 만든 기다란 책상과 의자가 있고, 꼬마 애들이 찢어진 교복을 입고 슬리퍼를 신고 있잖아요. 그래도 학교가 있다는 것이 소중하고, 오지 아이들도 모두 학교를 다니기 때문에 네팔이 가능성이 있는 나라라고 생각돼요.

금이 | 맞아요. 정말 치트레 근처에도 학교가 여러 개 있었잖아요. 아시아의 최빈국 중 하나인 네팔 골골마다 학교가 있는 게 신기해요.

영숙 | 네팔의 특성인 높은 산봉우리들 때문에, 그 봉우리를 넘을 수가 없어서 골마다 학교들이 다 있는 거지요.

진아 | 네팔 다녀와서, 학교에서 찍은 아이들 사진을 인화해서 보내려고 하는데 소포로 배달이 안 되는 거예요. 사진을 받는 사람이 벌금을 낼 수도 있고 정상적으로 배달이 안 될 수도 있다고 해서 고민을 했어요. 그런데 그때 다행히 사진을 배달해 줄 수 있는 네팔 사람을 찾아냈잖아요. 그때 사진 인화하라고 박혜선 선생님 지인이 준 돈 20만 원이 있었어요. 그런데 그 돈으로 네팔 아이들 스타킹이라도 사 줬으면 하고 사진과 함께 보냈는데

그 돈으로 전교생 교복을 맞춰 입혔다는 말에 정말 놀랐어요.

상순 | 나, 따또빠니 좀 주세요. 따또빠니! 무슨 뜻인 줄 알죠?
따뜻한 물. 우리가 자고 일어나면 늘 '따또빠니, 따또빠니' 했잖
아요. 우리가 너무 추워하니까 직접 불을 때서 따뜻한 물을 끓여
주면서 씻으라고 했잖아요.

혜선 | 나는 네팔 여행 중 두 차례나 네팔 원주민에게 선물을
받았어요. 프렘 할아버지가 고추장 단지 같은 통에 꼭꼭 싸서
주셨는데 뭔지 몰랐어요. 우리나라 젓갈 같은 네팔 전통 음식이
라는데 아주 귀한 거라고 했어요. 그 단지를 들고 갈 수가 있어
야지요. 할아버지에게는 잘 먹겠다고 하고 맛도 못 보고 포카라
사는 사랑이에게 주고 왔잖아요. 똥 싼 바지 두고 온 내가 뭐가
이쁘다고 세 번째 갔을 때도 같이 잔 묘신 샘과 내게 프렘 할머
니가 손수 짠 테이블보를 하나씩 주셨어요. 그거 어떻게 했어요,
묘신 샘?

묘신 | 보물처럼 잘 모셔두고 있어요. 손으로 직접 만들었다고
생각하니까 함부로 대할 수가 없더라고요.

지언 | 내 카메라에 가장 많이 담긴 보물 같은 풍경은 파란 하늘 곳곳에 널린 빨래들! 빨래들이 흔들리는 게 깃발 같잖아요. 보고 있으면 설치미술 작품 같다는 생각이 들었어요. 그 사람들의 옷들이 컬러풀하잖아요. 창틀에 널어둔 빨래를 보고 있으면 집이 살아나는 느낌이라고 할까. 락쉬미 학교 앞 빨래터에서 빨래하던 여인들이 보고 싶어지네요. 빨강, 파랑, 노랑. 그 원색을 주무르던 여인네들의 역동적인 검은 손. 아주 인상적이었는데.

영숙 | 나는 사랑이 아버지가 지팡이 깎아 주셨는데. 아무래도 나이가 나이다 보니. (웃음) 치트레 마을 뒷산에 있는 호수 보러 산에 올라갈 때요. 뜰에 사람 수대로 지팡이를 나란히 줄 세워 놓고 하나씩 짚고 가라고 했을 때도 뭉클했죠. 그러고 보면 작고 사소한 것에 뭉클뭉클해지나 봐요.

금이 | 호수 하니까 판차코시 가는 길에 설산이 비치는 호수 생각나네요. 사실 그 호수엔 이름이 없었는데 하트 모양이어서 우리가 사랑이 호수라고 이름을 붙여 줬잖아요. 아침 일찍 호수에 갔는데 마을 분들이 물을 짊어지고 가서 라면을 끓여 줬어요. 눈앞에 설산이 펼쳐지고, 그 설산이 비치는 호숫가에 앉아서 먹었던 라면 맛은 영원히 잊을 수 없어요.

미경 | 치트레 마을의 꼭대기 집에 머물 때, 마당에서 훤히 보이는 설산을 보면서 '큰바위얼굴' 소설이 떠올랐어요. 저 산이 이곳 사람들을 지켜 주겠구나, 하는. 그래서 그들이 가난하지만 착하고 순수하게 사는 게 아닌가 생각됐어요. 전에 사랑이에게 고향을 떠나 한국에 오래 머물면 뭐가 가장 생각나는지 물어본 적이 있는데, 마차푸차레라고 하더라구요. 고향을 지키는 수호신처럼 여겨질 것 같아요.

묘신 | 옛날에 산토스가 사진을 보냈는데 집 앞이에요, 하면서 보낸 게 바로 설산이었거든요. 그들에겐 눈만 뜨면 볼 수 있고, 고개만 들면 볼 수 있는 게 설산인 거지요.

진아 | 설산을 카메라에 담는데 전봇대가 딱 걸려 처음에는 너무 싫었어요. 전봇대와 전선 줄을 피해서 사진을 찍으려고 굉장히 애썼어요. 그런데 언젠가부터 그 전선 줄이 예쁘다는 생각이 들었어요. 그것도 우리 삶이잖아요. 화장실에 앉아서 설산을 본다는 것, 우리만의 특별한 경험이겠죠.

인세로 짓는 게스트하우스

상순 | 그나저나 이 책 인세 전액을 치트레 마을 게스트하우스 짓는 데 보태기로 했잖아요. 게스트하우스가 지어지면 치트레 마을 사람들 형편도 좀 나아지겠지요.

지언 | 묵을 곳이 해결되면 마을을 찾는 관광객도 생기겠지요. 그럼 마을 운영에 도움이 되지 않을까요?

종선 | 그래서 마음이 무겁기도 해요. 이 책이 잘 팔려야 게스트하우스에 힘을 보탤 텐데.

미경 | 잘 팔릴지 어떨지는 아직 미지수지만, 이 책을 사는 사람들은 그들도 그만큼 게스트하우스를 짓는 일에 벽돌 한 장 올리는 일이니 의미가 있을 것 같아요.

진아 | '치트레. 그곳이 어디일까? 꼭 한 번 찾아가 봐야지.' 이 책을 덮으며 수많은 사람들이 네팔의 산골 마을 치트레, 이 낯선 이름을 오래오래 되뇌었으면 좋겠습니다.

네팔! 누군가는 두고 온 발자국 같다고 한다.
자꾸 뒤돌아보게 되고 돌아가고 싶은 곳.

네팔! 누군가는 알사탕 같다고 한다.
네팔의 추억들을 오래오래 녹여 먹고 싶다고.

네팔의 무엇이 이토록 달달하고 절절하고 애틋할까?
두고두고 생각해 볼 일이다.

푸르나 봉사단은 2011년 2월 손강, 최연진, 윤이정 어린이가 네팔을 다녀와 만든 봉사모임이다.
2019년 현재 양동우(대학생), 손강, 최연진, 윤이정, 양현서, 오민아, 홍지민, 이정훈(고3), 고동욱
(고1), 김민서, 양예린, 권서연, 김연준, 오승준, 이현재(중3), 양현우(중2), 양하준(초등학생)과 어린
이청소년 작가 김지언, 문영숙, 박혜선, 오미경, 이금이, 이묘신, 이종선, 정진아, 한상순 작가가 함께
하고 있다.

비스따리 비스따리 천천히 흐르는 네팔의 시간

초판 1쇄 펴낸날 2020년 2월 28일

지은이	김지언, 문영숙, 박혜선, 오미경, 이금이
	이묘신, 이종선, 정진아, 한상순
펴낸이	조은희
편집장	한해숙
책임편집	최현정, 오선이
디자인	최성수, 이이환
마케팅	박영준
온라인마케팅	정보영
영업관리	김효순
제작	정영조, 박지훈
펴낸곳	주식회사 한솔수북
출판등록	제2013-000276호
주소	03996 서울시 마포구 월드컵로 96 영훈빌딩 5층
전화	편집 02-2001-5822 영업 02-2001-5828
팩스	02-2060-0108
전자우편	isoobook@eduhansol.co.kr
블로그	blog.naver.com/hsoobook
페이스북	chaekdam
인스타그램	chaekdam

ISBN 979-11-7028-398-0

이 도서의 국립중앙도서관 출판예정도서목록(CIP)은
서지정보유통지원시스템 홈페이지(http://seoji.nl.go.kr)와
국가자료공동목록시스템(http://www.nl.go.kr/kolisnet)에서
이용하실 수 있습니다. (CIP제어번호: CIP2020001043)

큐알 코드를 찍어서
독자 참여 신청을 하시면
선물을 보내 드립니다.

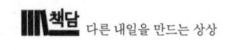
책담 다른 내일을 만드는 상상